9클래스 소드 마스터

이형석 퓨전 판타지 장편소설

WISHBOOKS FUSION FANTASY STORY

3

이형석 퓨전 판타지 장편소설

초판 1쇄 찍은 날 | 2019년 8월 12일
초판 1쇄 펴낸 날 | 2019년 8월 20일

지은이 | 이형석
펴낸이 | 예경원

기획 | 위시북스
편집책임 | 이규재
편집 | 위시북스

펴낸곳 | 예원북스
등록번호 | 제396-2012-000132호
등록일자 | 2012. 7. 25
KFN | 제1-449호

주소 | 경기도 고양시 일산동구 호수로 646-24 위너스21II빌딩 206A호 (우)10401
전화 | 031-819-9431 팩스 | 031-817-9432
E-mail | yewonbooks@naver.com

ⓒ이형석, 2019

ISBN 979-11-365-0057-1 04810
      979-11-6424-597-0 (set)

9클래스 소드 마스터
WISHBOOKS FUSION FANTASY STORY
이형석 퓨전 판타지 장편소설
3
Wish Books

CONTENTS

▶Chapter 1◀

"이게 왜 이러지?"

지금까지 단 한 번도 이랬던 적이 없었다.

카릴은 갑자기 빛을 내기 시작하는 아그넬을 보며 타락을 만났을 때보다 더 당황한 얼굴로 단검을 잡았다.

전생에서도 카릴은 아그넬을 가지고 있긴 했었지만 이런 변화를 본 적은 없었다.

아그넬. '검은 진주'라는 의미의 이름이 붙여진 단검은 그 뜻 그대로 손잡이에 흑요석이 박혀 있다.

검신에는 복잡한 문자가 새겨져 있었다. 룬(Rune) 문자가 아닌 카릴도 읽을 수 없는 부족의 잊힌 고대어였다.

자세히 살펴보니 흑요석에서부터 검신까지 새겨진 문자가 빛을 내고 있는 것이었다.

"······."

크웰은 카릴의 친부인 칼리악이 남긴 유품을 그에게 줬었다.

하지만 카릴은 셋째였다. 이단섬멸령으로 일족이 모두 죽지 않았더라면 당연히 이 유품은 부족의 첫째였던 카진에게 갔어야 할 것이다.

'생각해 보면 난 이걸 쓴 적이 없다.'

전생에서라면 줄곧 가지고만 있었을 뿐 지금처럼 이 단검을 쓰지는 않았다.

맥거번가(家)의 검들은 모두 특별히 제작된 것들이었고 그에 비해 아그넬은 조잡하기 그지없었으니까. 단지, 아버지가 아닌 일족의 유품이라는 생각에 항상 품 안에 넣고만 다녔을 뿐이었다.

카릴은 물끄러미 아그넬을 바라봤다. 빛을 뿜어내던 문자가 시간이 지나자 서서히 어두워지기 시작했다.

"음?"

문자가 완전히 빛을 잃고 난 뒤, 아그넬을 쥐고 있던 손이 조금 묵직해진 느낌이 들었다.

'뭐지, 무거워졌다?'

미세한 변화였지만 지금껏 계속 단검을 사용했던 카릴은 그 차이를 놓치지 않았다.

휘리릭-

단검이 그의 손바닥 위에서 몇 번 회전하다가 멈췄다.

"확실히 무거워졌어."

알 수 없는 묘한 기분이 들었다.

전생에는 대수롭지 않게 생각하여 사용하지 않았던 아그넬인데 무언가 비밀이 있는 걸까.

'과거를 알고 있다고 생각했는데 내가 아는 건 그저 빙산의 일각이었을지도 모른다.'

그는 품 안에 단검을 넣으면서 생각했다.

'그놈이라면 알려나.'

회색교장 끝에 단순한 보물 그 이상의 것이 있을지 모른다는 기분.

"일단은……."

저벅- 저벅- 저벅-

"여기부터 마무리 지어야겠지."

카릴은 기억을 더듬으며 계단 아래로 내려갔다.

"돼…… 됐다!"

외침과 함께 조용한 숲에서 날카로운 폭음이 터져 나왔다.

콰드드득……!!

빼곡하게 자라나 있는 숲의 나무들 중 몇 그루가 넘어지는 소리도 없이 그대로 잘려 나갔다.

"……."

에이단은 그 광경에 어처구니가 없다는 표정을 지었다.

'미친, 정말로 마력변형 없이 성공했잖아?'

그는 미하일의 몸에서 번쩍이며 사라지는 4개의 마력혈을 바라보며 낮은 한숨을 내쉬었다.

미하일이 3클래스의 반열에 들어섰다는 증거였다.

'고작 용병 나부랭이가…… 나랑 같은 급이라는 말이야?'

3클래스는 어찌 보면 엄청나게 놀랄 만큼의 수치는 아닐지 모른다. 마법회의 제자들 중에도 이 정도 수준의 마력을 가진 자들은 많았으니까.

하지만 어려운 것은 4클래스 이상. 그 이상의 마법사 반열에 오를 수 있느냐는 것. 그 벽이 엄청난 것이었기에 대륙에서도 마법사의 존재는 희귀한 것이었다.

하지만…… 에이단이 놀라는 것은 다른 점이었다.

'2클래스였던 녀석이 한 달도 걸리지 않아서 3클래스에 도달하는 게 가능한가? 애초에 처음부터 그 정도의 마력량을 가지고 있었다면 몰라도…….'

카릴의 농간에 마력변형을 가르치긴 했지만, 그때만 하더라도 미하일의 마력은 평범한 2클래스 유저보다도 조금 못 미치는 정도였다.

처음부터 3클래스를 바라볼 만한 상황이 아니었다.

그렇기 때문에 에이단도 걱정하지 않고 미하일에게 마력변형의 기초를 가르쳤다.

고작 기초뿐. 그런데 마력변형을 익히는 것에서부터 3클래스의 반열에 오르기까지 에이단으로서도 그는 믿을 수 없는 습득력을 보였다.

'암연에서도 저 정도 사람은 없을 거야.'

에이단이 나온 동방국에는 기관이 하나 있다. 특별한 재능을 가진 아이들을 선별해서 가르치는 그 기관에서도 저 정도로 빠르게 마법을 익히는 자는 보지 못했다.

'내가…… 실수를 한 건 아닐까.'

후회한다고 해도 이미 늦은 일이었다.

에이단은 처음으로 마력변형 없이 3클래스 마법에 성공해 기뻐하는 미하일을 바라보며 생각했다.

'처음부터 미하일이 3클래스에 들 수 있다는 걸 알고 있는 눈치였어. 어떻게?'

조사하지 않았다면 불가능한 일일 것이다.

처음 카릴을 만났을 때부터 어린 나이에도 불구하고 너무 많은 것을 알고 있어서 이상하게 생각했었다.

그리고 그 의문은 미하일의 성장에서 절정에 다다랐다.

'결코, 단독으로 이런 일을 벌일 리가 없다. 분명 배후가 있을 거야. 이런 기밀을 알 수 있는 단체라면…….'

그는 고민을 했다. 일단 자신이 속해 있는 암연은 아니었다. 그렇다고 타국의 길드들이 이런 식으로 움직일 것이라고 생각하기도 어려웠다.

'설마……!?'

그 순간 에이단은 전신을 훑고 지나가는 섬뜩한 기분에 스스로 놀랐다.

'이 모든 게 계획된 행동이고 이 정도의 일을 할 수 있을 만한 배후라면…….'

모든 것이 딱딱 들어맞는 기분이었다.

알 수 없는 그의 당당함에서부터 압도적인 무력까지.

'제1황자 루온?!'

에이단은 자신이 헛다리를 짚었다는 생각도 하지 못하고 오싹함에 자신도 모르게 몸을 부르르 떨었다.

'이대론 안 돼.'

우습게도 에이단은 자신의 추리가 완벽하다고 생각했다.

바짝 마르는 입술을 깨물면서 그는 카릴이 자리를 비운 지금이 기회라고 생각했다.

'방법을 강구해야겠어.'

그러나 그의 이 헛다리가 나중에 어떤 일을 만들게 될지 지금의 그는 알지 못했다.

[진짜다. 정말이었어. 키키킥…….]

어둠 속에서 들리는 음산한 목소리에 카릴은 고개를 들었다가 다시 숙였다.

"……."

놀랄 만도 한 일이지만 어쩐 일인지 그는 그 목소리에 아무렇지 않은 듯 지하의 홀을 조사했다.

"흠, 여기도 없는 건가. 도대체 어디에 숨겨놓은 거지."

[이…… 이놈이!!]

쇠를 긁는 듯한 거친 목소리는 그의 모습에 언성을 높였지만 카릴은 아랑곳하지 않고 여전히 무언가를 찾느라 바빴다.

[내 말이 들리지 않느냐!!]

"시끄럽게 굴지 마. 타락 다음엔 원령(怨靈)? 가지가지 하는군. 누가 회색교장이 아니랄까 봐."

그제야 카릴은 목소리에 대답했다.

"죽은 자의 영령이 남아 있는 건 이상한 일이 아니지. 특히 7인의 원로회라는 대단한 자들이 마지막으로 머문 곳이라면 말이야. 그래서 넌 일곱 명 중에 누군데?"

[…….]

"아니면 그들에게 억울하게 죽기라도 했나? 복수 같은 거라면 아서라. 그럴 생각도 없지만 이미 다 죽은 자들이니까."

담담한 얼굴로 쏟아내는 비수 같은 카릴의 말에 목소리는 할 말을 잃은 듯 침묵했다.

[지금까지 살면서 너 같은 놈은 처음 보는군.]

"정확히 말하면 지금은 산 게 아니잖아."

소스라치게 놀라리라 기대했던 것과는 너무 다른 모습이었다.

그럴 수밖에 없었다. 말로는 설명할 수 없는 일들을 지겹게 겪었던 카릴이니까. 죽음의 위기에서부터 시간을 거슬러 오기까지 했는데 고작 영혼 따위는 우스울 따름이었다.

"그럼 내가 하나 묻지."

[……뭐?]

"얼음 발톱은 어딨지? 나르 디 마우그의 말로는 분명 여기서 찾았다고 했는데."

그 순간, 카릴의 말에 목소리가 굳어졌다.

[네놈이 어떻게 얼음 발톱을 알고 있지? 아니, 그보다 나르 디 마우그? 그 개 같은 용이 회색교장을 알고 있단 말이야?]

갑자기 언성을 높이자 카릴은 그에게 흥미를 보였다.

"백금룡과 무슨 원한이라도 있는가 보지? 걱정 마. 지금의 녀석이라면 회색교장에 대해서는 모르니까. 레어에서 자고 있을 테니……. 몇 년 뒤에나 알게 될걸."

[그게 무슨 말이지?]

"별로 중요한 건 아냐. 그보다 드래곤을 속일 수 있을 거라고 생각한 건가? 이 유적은 드래곤은커녕 아조르의 마법사들에게 발견됐는데?"

[그것과는 별개다. 교장 자체가 중요한 게 아니니까.]

"흠."

흘리듯 지나가는 말이었지만 카릴은 그것을 놓치지 않았다.

'얼음 발톱만 하더라도 엄청난 무구다. 그런데 그것 말고 다른 걸 숨기기 위한 장소란 말인가.'

카릴은 말했다.

"그럼 네 정체부터 얘기해 주는 게 어때? 그래야 대화가 통할 것 같은데."

[미친놈.]

계획과는 달라진 상황이지만 목소리는 카릴의 말을 부정하지는 않았다.

[좋다. 지금까지 허접한 마법사들은 타락 앞에서 길도 찾지 못했으니까. 네놈은 그놈들과는 확실히 달라.]

"고맙군."

목소리는 마치 살아 있는 사람처럼 선심을 쓰는 듯 말했다.

[나는 알른 자비우스다.]

"……!!"

카릴은 그의 말에 눈을 흘겼다.

'이거 놀랄 노자로군. 정말로 그란 말이야?'

마력이 없는 이민족이었던 그조차도 들어본 적이 있는 이름이었다. 대륙의 역사 속에서 그만큼 유명한 마도사는 카이에 에시르를 제외하고 없을 테니까.

7인의 원로회 최고 장로이자 이제는 소실된 직업인 비전술사의 창시자였기 때문이다.

'어째서 나르 디 마우그는 이런 중요한 사실을 얘기하지 않은 거지? 아니면…… 신탁 이후 부서진 교장에서 그의 영혼도 사라진 걸까.'

여러 가지 추측은 할 수 있었지만 그 어떤 것도 확실한 것은 없었다.

하지만 지금 중요한 건 눈앞에 7인의 원로회 중 한 명을 만났다는 것이었다.

[놀랄 만하지. 위대한 7인의 원로회를 직접 보았으니까. 이게 얼마 만의 인간인지……. 천 년은 족히 흐른 것 같은데.]

알른 자비우스는 껄껄거리면서 웃었다. 하지만 그런 그를 바라보며 카릴은 아무런 반응이 없었다.

"그렇군."

[뭐야. 그게 끝인가? 이상한 놈이로군. 나를 만났다는 이 상황이 놀랍지 않은가? 아니, 그보다 내가 스펙터(Specter)라는 의심은 하지 않나?]

카릴은 그의 말에 피식 웃었다.

"스펙터라…… 확실히 불사(不死) 계열 몬스터 중에서 상위 종이라 지금이라면 귀찮긴 하겠지만 그런 게 이곳에 있을 리가 없잖아."

[어째서 확신하지?]

"당신 말대로 여긴 위대한 7인의 원로회라 만든 곳이다. 얼마나 대단하면 당신들 무덤에서 발견한 초대 마법은 지금 아무도 익히지도 못하고 있는 상황인걸."

그는 가볍게 어깨를 으쓱했다.

"하지만 스펙터 정도는 처리할 수 있는 마법사들이 많지. 고작 그 정도의 망령이 남아 있을 수 없지. 마력에 타 죽으면 타 죽었지 말이야."

[크크…… 틀린 말은 아니군.]

칭찬 아닌 칭찬에 알른은 쇠를 긁는 듯한 웃음을 지으면서 물었다.

[그런데 초대 마법? 우린 그런 걸 남긴 적이 없는데.]

"뭐, 명칭은 다를지 모르지. 당신들이 만든 마법은 인류 역사상 최초의 마법이니까. 그래서 그리 부르는 것일 뿐."

'하지만 잠든 시간이 기껏해야 천여 년. 사람들의 입으로 전해지는 태초에 인류에게 마법을 전파한 신적인 존재까진 아니군.'

그런 생각이 들자 카릴은 눈앞의 유령이 더더욱 아무렇지 않게 보였다. 자신은 과거로 돌아오기 위한 파렐 안에서 정말로 신(神)적인 존재를 마주한 적도 있으니까.

[그 마법이 뭐지?]

"글쎄. 나도 이름은 잘 몰라. 단지 현재 보존된 3개의 마법을 가리킨다는 것 정도?"

[3개의 마법이라…… 설마 그걸 말하는 건가.]

카릴은 흥미를 가진 알른 자비우스의 반응을 놓치지 않고 물었다.

"예상되는 게 있나 보지?"

[직접 봐야 알겠지만 만약 내가 생각하는 그것이 맞다면 그건 원로회의 마법이 아니다.]

"뭐?"

예상 못 한 대답. 우습게도 카릴의 물음에 기다렸다는 듯 알른이 되물었다.

[왜? 궁금한가?]

순식간에 전세가 역전되었다.

그때였다. 희뿌연 연기와 함께 카릴의 앞에 영체가 나타났다. 노인의 형상을 하고 있는 그는 천천히 허리를 숙이며 그의 얼굴에 대고 말했다.

[그럼 나와 거래를 하겠나. 그럼 자네가 원하는 것을 알려주지.]

얼마나 기다려왔던 순간인가.

수많은 서적을 독파하고 세계의 진리를 깨달은 존재인 그에게 있어 눈앞의 꼬마를 다루는 일이야 쉬운 일이었다. 시간이 흘러도 인간은 무지하고 자신의 발아래 있다고 생각했으니까.

하지만 그런 그조차 카릴의 과거를 알 리가 없었다.

"내가 그런 눈을 많이 봤지."

알른 자비우스가 죽어 갇힌 채 지내온 시간보다 카릴 맥거번이 살아서 인내한 시간이 더 길다는 것을.

"그리고 열의 열은 헛소리를 하는 놈들이지."

카릴은 알른 자비우스를 물끄러미 바라봤다. 꿰뚫어 보는 듯한 날카로운 눈빛에 자신이 영체라는 사실도 잊은 채 알른이 뒤로 물러섰다.

[……어?]

"계약? 됐다."

그러고는 아무렇지 않은 듯 다시 고개를 돌렸다.

"꺼져. 관심 없으니까."

[뭐……?! 뭐 이런 개 같은……!!]

알른은 화들짝 놀라며 자신의 입을 가렸지만 이미 내뱉은 말을 돌린 순 없었다.

게다가 사자(死者)의 말은 육성이 아닌 뇌의 울림인데도 불구하고 그는 너무 황당한 나머지 인간이었을 때의 행동을 하고 말았다.

"……."

카릴은 그런 그의 모습을 보며 다시 한번 비소를 날렸다.

[감히 네놈이 날…….]

"능멸할 정도까진 아니지. 그리고 그 모습을 보니 더 확신이 드는군. 똥 밭에 굴러도 이승이 낫다는 말이 맞듯이 살아 있는 내가 군이 죽은 자와 위험하게 계약을 할 필요는 없지. 안 그래? 나도 그런 꼴이 되면 어쩌려고."

자신의 앞에서도 당돌하게 말하는 그를 바라보며 알른 자비우스는 뭔가 잘못되었다고 생각했다.

"뭐…… 얼음 발톱이 어디 있는지나 얘기하면 네 제안을 들어는 보겠다. 도대체 죽고 나서 쓰지도 못할 물건을 왜 이렇게 꼭꼭 숨겨놓은 거야?"

[허…….]

갈수록 더욱 어처구니없는 모습.

알른은 할 말을 잃은 듯 잠시 그를 보고는 고개를 저었다.

[내가 이곳에 잠든 지 얼마나 지났지? 천 년이 아니라 만 년이 지난 거 아냐? 무지렁이 중에서도 괴짜가 나올 법하다지만 이런 놈은 처음이군…….]

"그건 아닐 거야."

이런 인간을 만날 줄은 몰랐다.

그러나 오히려 카릴은 셀 수 없을 시간이란 말에 코웃음이 나는 걸 참았다.

고작 천 년? 억겁(億劫)과도 같은 시간을 겪은 카릴으로선 우스울 따름이다.

카릴은 팔짱을 낀 채로 말했다.

"나야말로 한번 맞춰볼까? 네가 원하는 것이 무엇인지. 아니, 네가 왜 이렇게 내게 목을 매는지 말이야."

[…….]

"당신, 갇혀 있는 거지?"

순간, 알른 자비우스의 몸을 유지하는 영체가 흔들리는 것 같았다.

사자(死者)인 그에게도 감정은 존재하는 모양이었다.

"7인의 원로회가 아무리 대단해도 결국 인간. 다른 자들과 달리 죽지 않고 네가 오랜 시간 동안 영혼인 채로 남아 있는 이유는 두 가지로 볼 수 있겠지."

카릴은 그를 바라봤다.

"모임이란 언제든 분란이 존재하게 마련이지. 무슨 연유인지는 모르지만 너희들 역시 마찬가지였지 않을까? 그리고 살아남은 사람은 당신. 하지만 결국은 회색교장에서 빠져나오지 못한 채 갇힌 거지."

[훗.]

알른 자비우스는 카릴의 추측을 듣고는 차가운 웃음을 지었다. 하지만 카릴은 아랑곳하지 않았다.

"혹은 그 반대."

[뭐?]

"네가 그들에 의해 갇힌 것이겠지."

그 순간, 카릴은 주변의 공기가 차가워지는 것을 느꼈다. 원혼이 내뿜는 냉기였다.

"6인의 영웅. 구스타브 경에게."

콰가가가강……!!!

콰가강……!!

주변의 석벽들이 폭발하듯 터져 나갔다.

강맹한 마력이 홀 안에 휘몰아치자 카릴은 황급히 얼굴을 가리고 뒤로 물러섰다.

[내 앞에서 그놈의 이름을 꺼내지 마라!!!]

조금 전과는 달리 알른 자비우스의 분노가 담긴 마력이 휘몰아치자 카릴마저도 주춤하게 만들었다.

[영웅? 웃기지 마!! 그놈이야말로 배신자들의 주동자일 뿐이야!]

'설마 했는데…… 정말인가 본데?'

카릴은 알른의 반응에 생각했다. 7인의 원로회 자체는 역사 속 신화처럼 등장하는 이름이었다.

하지만 그중에서도 알른 자비우스는 특이했다.

카릴이 찔러볼 수 있었던 근거. 원로회 최고 장로, 비전술사 그 이명(異名) 말고도 그에게 붙은 수식어가 하나 더 있었기 때문이다.

'배반의 알른.'

물론, 마법 도시인 아조르에서는 그것을 인정하지 않았지만 말이다.

아주 소수에 불과했지만 위대한 마법사로 추대받는 그를 다른 시선으로 바라보는 마법회에 존재했었다.

'하지만 그저 전설로만 치부돼서 사람들도 크게 관심이 없었지. 왜냐면 7인의 원로회 자체가 마치 신처럼 태초에 내려와 인류에게 마법을 전해줬다고 알려졌으니까.'

혹은 위대한 마법사들 사이에 배신자가 있다는 것을 인정하고 싶지 않은 것일지도 모른다.

그래서 숨긴 것일지도.

[그놈에게 경(Sir)이라는 호칭을 붙이다니. 후세에 남아 있는 자들은 모두 머저리뿐인가!]

"그런 자에게 당한 당신이 할 말은 아닌 것 같은데. 게다가 후손들 중 어떤 이들은 당신을 배반자라 부른다고."

[큭……!!]

"그러니 진정해. 만약 한(Han) 가문이 마법 도시의 수장이 되지 않았더라면 일곱 개의 첨탑이 아니라 여섯 개가 아조르에 세워졌을걸."

'물론, 파시오 한은 선조들과는 달리 마음에 들지 않지만.'

[한 가문……? 설마…… 아직까지 셀린 한의 자손이 살아 있단 말이냐?]

"살아 있다 못해 그 후손이 지금 아조르의 영주인걸."

[허…….]

그의 손이 떨렸다.

셀린 한. 7인의 원로회 중의 한 명이자 유일한 여마법사.

무척이나 놀라는 모습이었지만 그녀와 알른 자비우스 사이에 어떤 일이 있었는지는 알지 못한다.

'그리고 관심도 없고.'

카릴은 물끄러미 그를 바라봤다.

"연인이라도 되나? 드래곤이 아닐까 하는 추측까지 있는 대단하신 양반도 목석은 아닌가 보네."

[그런 거 아니다. 그리고 드래곤? 누가 그런 소리를 했지?]

"그냥. 지나가는 말이었을 뿐이다. 백금룡과 조금 관계가 있거든."

[그놈…….]

알른 자비우스는 이를 바득 갈았다. 그의 모습을 보며 카릴은 낮은 목소리로 말했다.

"화낼 사람도 많군. 천 년 동안 갇혀 있다니 원망만 쌓인 건가."

[너는 아무것도 모른다. 구스타브, 나르 디 마우그가 어떤 짓을 했는지. 그리고 셸린 그년까지!]

'적어도 연인은 아닌가 보군.'

카릴은 머리를 긁적이며 담담한 표정으로 대답했다.

"그건 내가 알 바 아니지만 항간에선 당신을 뭐라고 부르는지 알아? 배반의 알른이라 부른다고. 지금까지 발굴된 유적들에서 싸움의 흔적이 발견되었고 목표가 한 사람이라는 점. 그리고 그 안에 비전술이 보인다는 점에서 말이야."

[그걸 그런 식으로 해석하다니. 너희들은 머저린가? 마법을 읽을 줄 아는 자라면 그 싸움이 어떤 식으로 흘러갔는지 알수 있을 텐데!!]

"이제 보니 알겠군. 배신자를 부정하기 위해 당신의 첨탑까지 세워준 게 아냐. 당신 말대로 셸린 그년이 뭔가 수를 쓴 건지도 모르겠는걸. 어차피 죽은 자니까. 당신을 기리는 방법으로 자신들의 과거를 무마한 거겠지."

[빌어먹을…….]

"무슨 일이 있었던 거야? 이곳에서."

카릴은 재촉하지 않았다. 하지만 그러면 그럴수록 알른 자비우스 쪽이 다급해진다는 것을 잘 알았다.

걱정할 일이 아니었다. 처음부터 서로의 입장이 다르니까. 당초 목적이었던 얼음 발톱이 이곳에 있다는 것은 확실한 일이었으니까.

어떻게든 찾다 보면 나올 것이다.

하지만 그는 자신이 도와주지 않는다면 영원히 이곳에 갇히게 된다. 앞으로 수년이 지나고 교장이 무너질 때까지.

'지금의 마법사들이 타락을 뚫을 수는 없다. 녀석들을 상대하는 방법을 찾는 것은 쉬운 일이 아니니까.'

그건 알른도 잘 알 것이다. 그렇기 때문에 이번에 잡은 카릴이란 밧줄을 쉽사리 놓을 수 없을 터.

'그전에 얼음 발톱 이외에도 빼먹을 수 있는 것이 있는지 확인해야 하겠지.'

카릴 역시 전생(前生)과는 다른 이 기회를 최대한 자신의 것으로 만들어야겠다고 생각했다.

[…….]

어색한 침묵이 흘렀다.

어딘가 모르게 당당한 그와는 달리 알른 자비우스는 시간이 지날수록 안절부절못하는 모습이었다.

[후…… 좋다. 얼음 발톱을 꺼내는 방법을 알려주마.]

"그리고 또?"

[또라니?]

"시간이 이만큼 지났잖아. 거래를 다시 해야지. 그것 말고 회색교장에 남아 있는 다른 물건들이 더 있겠지?"

[…….]

알른 자비우스는 질린다는 표정으로 인상을 구겼다.

[구스타브의 마법도 못 쓰는 녀석들이 회색교장의 보물을 노려? 아서라. 그러다 죽는다.]

"그게 그자의 마법인가. 뭐, 어쨌든 당신이 생각하는 것과는 다를걸."

"……!!!"

그 순간, 카릴의 몸 안에 흐르는 마력을 느낀 알른 자비우스는 깜짝 놀라지 않을 수 없었다.

[뭐, 뭐지? 이 마력은?]

끝을 알 수 없는 들끓는 마력을 보며 그는 황당하다는 얼굴로 카릴을 바라봤다.

[설마…….]

"일단 얼음 발톱부터 받지."

[너 드래곤 슬레이어라도 되는 거냐?]

알른의 물음에 카릴은 속내를 들키지 않기 위해 표정을 굳혔다. 인간으로 한정했을 때 마력량만큼은 그를 이길 자가 없을 것이다.

게다가 그의 속성은 무색(無色).

알른 자비우스는 단번에 그 마력의 내력을 꿰뚫어 보았다.

하지만 거기까지였다. 굳이 마력혈을 제대로 뚫지 못했다는 것까지 알려줄 필요는 없었기 때문이다.

거래란, 언제나 우위를 점하는 자가 이기는 법이니까.

[좋다. 흥미가 생기는군. 먼저 내 쪽에서 패를 제시할 수밖에 없게 만드는걸. 그쪽에 왼쪽 석판을 밀어봐라. 그 안에 작은 구슬 하나가 있을 거다. 그걸 가지고 다음에 저기 보이는 화로에 넣어봐.]

"흠."

카릴은 그의 말을 의심하지 않고 시키는 대로 옆에 있는 커다란 석판을 밀었다. 벼랑 끝에 몰린 그가 이런 상황에서까지 술수를 부릴 거라고는 생각하지 않았기 때문이다.

쿠르르르르……

그러자 정말 안의 커다란 공간 속에 작은 구슬 하나가 들어 있었다. 그걸 푸른 불꽃이 일어나고 있는 작은 화로에 집어 던지자.

파직…… 파즈즉……!!!

마치 스파크가 튀듯 구슬이 산산조각이 나면서 빛을 뿜어내기 시작했다.

[자, 이제 청린(靑燐)을 먹인 숯을 꺼내서 조금 전 구슬을 꺼냈던 석판 아래 구멍에다가 부어봐.]

그의 말을 듣던 카릴이 깜짝 놀라며 물었다.

"뭐? 조금 전에 그게 청린이라고?"

[그래. 그것도 최상급이지. 특수한 방법으로 압축한 것이라 효과는 보통 것들의 10배는 될 거다.]

"허……."

알른 자비우스가 어떤 말을 해도 표정 하나 변하지 않던 카릴이 처음으로 놀란 얼굴을 감추지 못했다. 그의 모습에 알른은 의기양양한 모습으로 팔짱을 끼며 말했다.

[시대가 흘러도 청린의 위상은 그대로인가 보군. 하긴, 이걸 이 정도로 다루는 건 원로회 중에서도 나뿐이니까. 이런 식으로 청린을 제련하는 것이 놀라울 수도 있지.]

그는 자신의 실력을 뽐내고 싶은 마음에 말했지만 카릴이 놀라는 부분은 다른 데 있었다.

신탁이 내려진 후, 올리번은 이 청린을 구하기 위해 혈안이 되었었다. 하지만 이미 수백 년 전에 소실된 광물을 찾는 것은 결코 쉬운 일이 아니었다.

'지금에선 순도 높은 청린의 원석 작은 것 하나 구하기도 어렵다. 그렇기 때문에 그걸 섞어 만든 검은 거의 왕가에서나 쓰고 있고.'

카릴은 조금 전 자신이 던진 구슬이 주먹만 한 크기라는 걸 떠올렸다.

그것의 10배가 되는 원석이라면…….

'이거야말로 판도를 바꿀 수 있는 기회가 될지 모른다.'

그가 이토록 청린에 대해서 주의 깊게 보는 이유는 이 원석이 가진 힘이 신탁의 괴물들과 싸우는 데 무척이나 유효하기 때문이었다.

"이거 어디서 구했지?"

[어디서라니. 나 알른 자비우스가 훔치기라도 했다는 말이냐.]

"아니, 정정하지. 당신, 청린을 더 구할 수 있나?"

[어려운 일은 아니지.]

오히려 카릴의 물음에 알른이 대수롭지 않은 표정으로 말했다.

"당신이 살던 시절과 광맥이 완전히 달라졌을 텐데도?"

[무슨 소리냐. 청린이 무슨 땅속에 처박혀 있는 광물인 줄 아나? 이건 마광석 따위가 아냐.]

"……?!"

'청린이 광물이 아니라고?'

카릴은 망치로 머리를 맞은 것 같은 기분이 들었다.

당연히 청린은 광물이라고 생각했었다. 지금까지 그 누구도 의심한 적이 없었다.

[청린은 비전의 샘에서 만들어지는 이끼가 굳어진 거다. 내이명은 알겠지. 그 비전의 샘을 관리하던 게 나였다. 샘이 마른 건 중요치 않다. 내가 있으면 언제든 다시 불러낼 수 있으니까.]

'광물을 얻을 수 없었던 이유가 알른 자비우스가 죽었기 때문이었다니…… 놀라워서 이건 어이가 없을 정도네.'

카릴은 살짝 입맛을 다셨다.

츠으으윽…….

새하얀 연기가 걷히고 나자 놀랍게도 석벽 아래에 푸른 날을 빛내는 검 한 자루가 놓여 있었다.

'이런 식으로 꺼내는 거군. 나르 디 마우그, 그 녀석이 알른 자비우스와 관련이 있다면 얼음 발톱을 찾는 방법을 충분히 알고 있을 수 있다.'

하지만 그 이상은 말하지 않았다.

그 당시 그가 뭔가 숨기고 있었다는 말.

'뭐지?'

무엇을 숨기려고 했던 걸까.

"……."

[이제 내 말을 들어주겠나?]

카릴은 천천히 고개를 돌려 그를 바라봤다.

"음?"

[이만큼 시간이 흘러도 살아 있는 자는 그자뿐이겠지. 어때, 날 백금룡에게 데려가다오. 그렇게만 해준다면 내가 널 돕겠다.]

그 순간, 카릴의 입꼬리가 살며시 올라갔다.

"그거, 듣던 중 반가운 소린데."

"왜 그러십니까?"

"아, 아닐세. 그래……."

파시오는 눈앞에 아무렇지 않게 서 있는 카릴을 바라보며 당혹스러움을 감추지 못했다.

'늙은 너구리, 내가 고작 이틀 만에 돌아올 줄은 몰랐겠지.'

"그런데 방비를 철저히 해야 할 듯싶습니다. 오는 길에 도적 떼를 만나서 말입니다. 특이한 문양을 가지고 있던데…… 조사를 해보시죠."

카릴은 품 안에서 작은 단추 몇 개를 꺼내었다. 단추에는 샐러맨더가 양각되어 있었다.

도적단이라니. 그건 누가 봐도 길드 소속임을 증명하는 증거였다.

"그런 일이 있었다니……. 내 필히 명하도록 하지."

하지만 영주는 아무것도 모르는 척 놀란 얼굴로 가증스럽게 카릴의 말에 고개를 끄덕였다.

'아조르 안에 있는 길드는 아닐 테고……. 내가 들어가자마자 의뢰를 한 건가? 녀석들을 족칠 수도 있겠지만 굳이 긁어 부스럼을 만들 필요는 없지.'

물론, 잠깐이지만 말이다.

"그리고 이건 회색교장에서 발견한 유물입니다. 제가 쓸 수 있는 것은 아니라 영주님께 드리는 것이 맞다고 사료되어 보고드립니다.”

“오……!!”

파시오는 카릴이 꺼낸 물건들에서 시선을 떼지 못했다.

그는 회색교장에서 발견된 유물의 권리를 카릴에게 우선으로 넘기겠다고 했다. 그러나 그건 보기 좋은 구실일 뿐 원래 계획은 교장에서 나오는 그를 처리하려고 했었다.

자신의 계획이 보기 좋게 실패하고 낭패를 봤다고 생각하는 찰나, 카릴이 꺼낸 유물들이 그의 근심을 싹 사라지게 만들었다.

'어린애라 다행이다. 실력은 뛰어나다 하더라도 세상을 몰라. 순진하게 도적단이라 생각하고 말이야.'

파시오가 고개를 끄덕이자 그의 뒤에 서 있던 신하들이 재빨리 카릴이 놔둔 무구들을 회수했다.

'쓸데없이 복잡한 봉인 주문만 걸린 쓰레기라는 걸 모르겠지.'

그의 생각을 이미 알고 있다는 듯 카릴 역시 거짓 웃음을 지었다.

“자네의 공이 크네. 보상으로 초대 마법의 원서를 자네에게 줄 수는 없지만 원한다면 열람할 수 있는 기회를 주겠네. 어떤가.”

'녀석이 회색교장의 미로를 어떻게 빠져나왔는지 모르겠지만…… 이렇게 된 이상 제거보단 회유가 낫겠지. 어차피 마법회의 마법사들도 익히지 못한 마법. 보여주는 것 정도로 교장의 보물을 얻을 수 있다면 충분한 이득이지.'

파시오의 머릿속이 빠르게 회전했다.

"또한 마법회의 상급 마법사들이 사용하는 스태프를 포상으로 주겠네. 이것은 자네의 능력을 아조르뿐만 아니라 마법회 역시 자네를 인정했다는 뜻이니 마법회에 속하지 않아도 신분을 증명할 수 있을 걸세."

"감사합니다. 하지만 초대 마법은 다음에 보도록 하겠습니다. 제가 감당할 수 없는 물건이니까요. 대신 나중에라도 기회를 주시면 감사하겠습니다."

"허허…… 그러겠는가?"

"네. 대신 스태프만 감사히 받겠습니다."

이미 얼음 발톱을 얻은 카릴에겐 스태프가 무구로써는 필요 없는 물건이었지만 증표로서는 제법 쓸 만했다.

크웰의 증표를 받긴 했지만 좀 더 자유롭게 움직이기 위해서는 제국에 국한되어 있으면 안 된다.

그런 의미에서 마법회의 인장은 제국뿐만 아니라 다른 각국을 여행할 때 요긴하게 쓸 수 있을 테니까.

'그래. 꼬마 녀석이 자신의 수준을 잘 아는군. 초대 마법이 뭐 아무나 배울 수 있는 건 줄 알아?'

카릴의 말에 영주는 만족스러운 표정을 지었다.

[무슨 잡소리가 이렇게 길어? 그리고 저 돼지가 셀린 한의 자손이라고? 나 참, 성격은 지랄 같아도 명색이 폐월(閉月)이라 불릴 정도로 아름다웠던 미녀였는데. 세월이 흐르긴 흘렀나 보군.]

카릴은 귓가에 들리는 노인의 목소리에 쓴웃음을 지었다.

'저래 보여도 실력 있는 상급 마법사다. 무시하지 말라고.'

[흥, 내가 무시하는 건 저놈의 보잘것없는 실력이 아니다. 마력 따윈 말할 가치도 없어. 구스타브의 마법 따위로 생색을 내다니. 그런 건 내 머릿속에 다 있다.]

알고 있다. 그렇기 때문에 카릴은 초대 마법을 거절했다.

더 이상 필요 없는 데다, 거절한 덕분에 아즈르에게 좋은 인상을 심었으니 일석이조였다.

[저 녀석 너와 함께 있는데도 날 알아보지 못하잖아? 내가 살던 때의 상급 마법사는 저렇게 잡스럽지 않아.]

'마도 시대와 지금을 똑같이 생각하면 안 되지. 당신 말대로 천 년이 훌쩍 지났는걸.'

"그럼……."

"그래, 마법서의 열람은 처리해 두겠네. 원한다면 바로 가도 좋아."

"감사합니다."

카릴이 말하자 파시오는 혹여나 그의 마음이 바뀔까 황급히 말했다.

저벅- 저벅- 저벅-

카릴은 천천히 걸음을 걸으며 주위를 훑었다.

"……."

홀 안에 서 있는 마법사들. 자신을 바라보는 눈빛이 따가웠다. 그들의 마력은 회색교장을 들어가기 전과는 확연히 다르게 느껴졌다.

아니, 정확히 말하면 보인다고 해야 할 것이다.

그들이 두르고 있는 마력의 농도, 속성 그리고 양까지.

'신기하군.'

카릴은 자신의 변화에 스스로 놀랐다.

그가 회색교장에 들어갔던 시간은 고작 이틀이었다.

하지만 그 짧은 시간 속 경험이 카릴에게는 족히 스무날은 지난 것 같은 기분이었다.

[저 잡스러운 녀석들을 봐라. 어때, 이제 내게 조금은 감사함을 느끼나?]

카릴은 알른 자비우스의 말에 가볍게 웃으며 이틀간의 경험을 떠올렸다.

이틀 전, 회색교장.

[너 도대체 그 몸은 뭐지?]

"염룡의 심장을 먹었다."

[……]

굳이 거짓말을 할 필요 없었기에 카릴은 솔직하게 말했다.

[염룡? 설마 내가 아는 그 염룡이 맞나?]

"그래. 레드 드래곤 리세리아."

[미쳤군. 그놈을 네가 죽였을 리는 없을 테고…… 어떻게 된 일이지?]

"당신들이 죽고 난 뒤에 괴물 같은 마법사가 한 명 더 있었거든. 250년 전, 용 사냥꾼이라는 이명으로 불린 카이에 에시르."

카릴의 말이 마법사의 자존심을 건드린 걸까. 알른은 그를 바라보며 말했다.

[그 녀석과 날 비교하면?]

"글쎄. 내가 당신의 생전 모습을 아는 것도 아니고……. 영체인 지금 그와 비교를 하긴 어렵겠지."

[그놈도 250년 전의 사람이라면서? 그런데 꼭 알고 있는 것처럼 말하는군.]

"단편적이지만 그가 리세리아와 싸우는 걸 봤었거든. 그리고 염룡이 죽는 모습까지."

[그리고 그 녀석이 남긴 용의 심장을 네가 먹었다? 정말 지지리도 운이 좋은 녀석이로군. 마력이 없는 몸에서 대마법사 저리 가라 할 정도의 마력을 얻었으니 말이지.]

"내가 마력이 없다는 걸 어떻게 알았지?"

카릴의 눈썹이 씰룩였다.

[이놈아, 내게 그 정도는 일도 아니다. 그보다 네가 카이에 에시르란 놈의 기억을 가지고 있다니 그럼 내 기억까지 보거라. 그럼 확실히 비교할 수 있겠지.]

어째서 이렇게 일이 흘러간 걸까.

알른 자비우스는 여전히 지기 싫다는 얼굴로 포기하지 않은 채 카릴의 이마에 손을 가져갔다.

"……!!"

피할 새도 없이 그의 검지가 이마에 닿자 갑자기 깨질 것 같은 이명과 함께 전신에 힘이 쭉 빠지듯 카릴의 몸이 바닥에 털썩 주저앉고 말았다.

흐릿한 시야 밖으로 알른 자비우스가 뭐라고 말을 하는 것 같은데 제대로 들리지 않았다.

우우웅거리는 몽롱한 소리만이 그의 머릿속에 울릴 뿐.

"크윽."

용의 심장을 삼켰을 때처럼, 점차 어두워지는 시야와 함께 카릴의 의식이 심연 깊숙이 빠져들었다.

"알른, 이게 우리 원로회에서 내린 결론일세."

어두운 창가에서 들어오는 달빛이 음산하게 느껴지는 날이었다.

기억을 여행하는 것이 처음이 아니어서일까. 카릴은 자신의 앞에 있는 여섯 명이 누구인지 단번에 알아차릴 수 있었다.

"자네들…… 그 결정이 무엇을 의미하는지 정녕 모르는 건가."

그가 알고 있는 알른 자비우스의 목소리가 아니었다.

얼굴은 볼 수 없지만 생기 있는 목소리와 매끈한 손바닥 그리고 눈앞의 그들도 기껏해야 20대 후반으로 보이는 젊은 모습에 카릴은 생전 그의 기억에서도 무척이나 오래된 기억임을 깨달았다.

"자네가 해줘야 할 일은 비전의 샘을 돌보는 것 정도겠지. 그건 우리들은 절대 할 수 없는 일일세. 지금까지 그랬던 것처럼 비전술이라는 독보적인 마법을 익힌 자네에게 부탁해야겠지."

"내게 그런 헛소리를 지껄여 놓고 부탁을 하는 게냐. 지금까지 그랬던 것처럼 앞으로도 부탁한다고? 서고에 틀어박혀 있더니 머리가 돌았군, 구스타브."

핏기가 없어 보이는 창백한 얼굴. 남자는 알른의 말에 안타까운 표정을 지었다.

'저자가 구스타브인가.'

구전으로만 들었던 전설 속의 남자를 봤지만 카릴에겐 그다지 흥미가 있진 않았다. 그저 알른이 왜 자신을 이 기억 속으로 데리고 왔는지가 궁금할 뿐.

"인류가 드래곤에게 마법을 배운 것은 맞네. 하지만 회색교장만큼은 그들에게 줄 수 없어!"

"이곳은 그들에게도 중요한 장소일세. 우리들이 빌린 것이니 당연히 돌려주어야지."

"누가? 드래곤들조차 풀지 못했던 수식을 풀어낸 게 우리들이야! 그들이 원하는 건 교장이 아니라 교장 속에 잠들어 있는 것이겠지!!"

카릴은 알른의 말에 살짝 눈살을 찌푸렸다.

'잠들어 있는 것? 얼음 발톱 이외에 뭔가가 있을 거란 느낌이 들긴 했지만…… 드래곤이 원할 정도라고?'

그게 무엇인지 궁금했다. 카릴은 조용히 그들의 대화를 지켜봤다.

"다시 한번 말하지만 이미 내려진 결정이네. 따르지 않겠다면 강제로라도 동의를 구할 수밖에."

"동의란 단어의 뜻도 모르나 보구나, 구스타브……!!!"

그 순간, 엄청난 마력이 알른의 몸에서 번뜩였다.

섬광(閃光). 그것 말고는 설명할 길이 없었다.

마력을 운용하는 보통의 방식은 마력혈에서 마력을 끌어 올려 전신의 혈맥으로 보내는 것이다. 무영창의 마법은 가능하지만 아무리 대단한 마법사라도 마력혈에서 마력을 끌어 올리는 데에는 시간이 걸린다.

하지만 알른은 달랐다.

"모두 피해!!!"

구스타브의 외침이 들렸다. 그의 뒤로 셀린 한, 웰 바하르, 판 오만 등 원로회의 마법사들이 황급히 뒤로 물러섰다.

콰가가강……!!

콰강……!!

마치 레이저처럼 알른 자비우스의 등 뒤로 열다섯 개의 마법진이 만들어지면서 그 안에서 날카로운 매직 애로우가 쏟아졌다.

'저건……'

소름이 끼치는 파공성이 교장 안에 쏟아졌다.

"어디 한번 피해봐라."

그의 말이 끝나기 무섭게 뒤에 서 있던 마법사 중 한 명. 웰바하르가 머리통이 절반 가까이 날아간 채로 서 있었다.

털썩-

관절 인형이 넘어지는 것처럼 팔과 다리가 따로 흔들리며 그대로 주저앉아 버리는 시체. 마법사들은 눈앞에 펼쳐진 광경에 입을 다물지 못했다.

그들 모두 하나같이 대마법사들. 하지만 막기는커녕 반응조차 할 수 없는 속도로 마법이 날아왔다.

'저게 매직 애로우라니……'

경악에 찬 얼굴은 그들뿐만 아니라 카릴 역시 마찬가지였다.

2클래스 공격 마법 중에 하나. 빛 계열 마법은 다른 원소 마법에 비해 살상력이 떨어지기 때문에 잘 쓰지 않는다.

하지만 알른 자비우스의 마법은 그런 정설을 가볍게 무시하고 있었다.

'카이에 에시르와 비슷하면서도 다르다.'

지지직…….

단순한 매직 애로우가 아니었다. 기다란 막대를 두르고 있는 전격이 번뜩일 때마다 화살은 더욱 맹렬하게 떨렸다.

타앙-!!

그가 손가락을 튕기자 마치 총탄이 쏟아지는 것처럼 바람을 가르는 파공성이 들렸다.

"크아악!!"

마치 종잇장을 찢는 것처럼 실드를 뚫고 또다시 누군가의 팔과 어깨를 관통하는 보랏빛의 전격을 두른 애로우.

'비전술……'

용의 심장을 먹은 것도 아닌데 알른 자비우스는 두 가지 속성의 마법을 쓸 수 있었다.

그의 의식 안에 잠식하고 있는 카릴은 그가 어떻게 마력을 운용하는 것인지 알 수 있었다.

'이걸 보여주기 위함이었군.'

카릴은 낮게 웃었다.

카이에 에시르는 낮은 클래스의 마법에 강한 마력을 주입했다. 반면, 알른 자비우스는 한 발자국 더 나아가 두 개의 속성을 응축시키는 경지에까지 올랐다.

절대로 쉽지 않았을 터. 어쩌면 인류 최초일지도 모른다.

"막아!!"

"마법진은 아직인가!!"

조금 전까지 동료였던 그들에게조차 알른 자비우스는 가차 없었다.

"쓸데없는 짓을."

치열한 전투.

명예로운 결투라는 마법사들의 경연을 비웃었던 카릴이었지만 진정한 마법사들의 싸움이란 이런 것인가를 새삼 깨달았다.

그중에서도 알른은 특별했다.

전투마법사, 슈프림이란 명칭을 스스로 만들었던 세리카 로렌은 마법을 보조로 하여 싸웠던 육체파 마법사였다.

하지만 그와는 반대로 알른 자비우스는 오직 마법 하나만으로 그들을 쓸어버렸다.

'어쩌면 저것이야말로 진짜 전투마법사일지도……'

카릴은 자신도 모르게 마른침을 삼켰다.

용 사냥꾼 카이에 에시르도 놀라웠지만 여태까지 그가 생각했던 마법사의 판도를 바꿔놓았으니까.

단 일격으로 대마법사를 죽였다. 검성이었던 자신도 어려운 일이었다.

게다가 지금도 그의 비전 마법에 남은 자들은 속수무책으로 당할 뿐이었다.

압도적인 힘. 젊은 알른 자비우스는 카이에 에시르보다 더 강력했다. 하지만 그런 그조차 결국 회색교장에서 죽음을 맞이했다.

'어째서……?'

카릴은 의문이 들었다. 드래곤까지 사냥했던 카이에 에시르보다 뛰어난 마법사를 죽일 수 있는 자가 있을까?

하지만 그의 의문에 대한 해답을 찾기 전에 카릴의 의식은 다시 흐려졌다.

기억은 거기까지였다.

그에게 강렬한 인상을 남긴 경험 뒤로 보이는 장본인인 알른 자비우스는 카릴을 바라보고 있었다.

"당신 정말 대단한 사람이군."

카릴은 진심으로 말했다.

[너야말로.]

하지만 조금 전 광경이 무색하리만치 오히려 그에게서 나온 대답은 카릴을 놀라게 만들었다.

[회귀라니…… 말도 안 되는 짓을 저질렀어.]

"……!!!!"

►**Chapter 2**◄

"내 머릿속을 본 건가."

카릴은 알른 자비우스를 노려봤다.

[자네 생각대로 기억을 읽을 수 있는 자는 드래곤이 아니면 불가능한 일이지. 그를 만날 수만 있다면 정체를 증명할 수 있겠지만 문제는 레어를 뚫는 일이겠군.]

"……."

[영체인 나 역시 완전히 볼 수 있었던 건 아냐. 자네가 내 기억과 연결된 순간 단편적인 것만 봤지. 그러니 너무 기분 나빠하진 말게. 자네도 내 과거를 보지 않았나.]

"그건 당신이 보여준 거고."

알른 자비우스는 그렇게 말했지만 어쩐지 발가벗겨진 기분을 지울 수 없었다.

[그런데.]

"음?"

[네 계획은 알겠다. 그런데 정말 회귀의 증거로 백금룡을 만나 네 기억을 보여줄 생각인가.]

"그게 무슨 의미지?"

카릴은 살짝 인상을 찡그리며 말했다.

[너 정말 백금룡을 믿나? 단 한 번도 의심해 본 적이 없었느냐 말이다.]

예상치 못한 물음이었다.

카이에 에시르와 자신 중에 누가 더 나은가를 물을 줄 알았던 카릴은 그의 물음에 콧방귀를 뀌었다.

"무슨 쓸데없는 소리를……."

[말 그대로야.]

영체인 알른은 빙그르르 하늘을 가볍게 한 바퀴 날고는 카릴의 앞에 섰다.

[나르 디 마우그가 진짜 동료인가 묻는 거다.]

"닥쳐."

헛소리 따위를 들을 이유가 없었다. 카릴은 알른을 향해 으르렁거리듯 말하고는 고개를 돌렸다.

[얘기를 들으면 다를 텐데. 내가 이곳에 갇힌 이유가 궁금했겠지. 안 그래?]

짧은 순간의 카릴의 표정이라도 읽은 걸까 아니면 마지막 정신세계에서 그의 생각을 본 걸까.

그는 마치 알고 있다는 듯 물었다.

[너도 내가 싸우는 모습을 봤을 터. 7인의 원로회라고 불렸지만 다 같은 마법사들이 아니라는 걸. 그들도 나쁘진 않지만 사실상 나머지 여섯은 나보다 한 수 아래의 자들이지.]

거만하게 들릴지 모르지만 카릴은 알른 자비우스의 기억 속에 그가 싸우는 모습을 봤기에 인정하지 않을 수 없었다.

그는 확실히 다른 마법사들과 달랐으니까.

[그런데 그들은 살아서 돌아가고 나는 이곳에 갇혔지. 왜일까?]

"……."

알른의 말에 카릴의 머릿속에 떠오르는 얼굴.

예상가는 사람은 있다. 하지만 섣불리 그 이름이 입에 나오지 않았다.

[그날, 회색교장의 침입자가 있었다.]

카릴의 표정이 재밌다는 듯 알른 자비우스는 천천히 힘을 주어 그 이름을 말했다.

[백금룡.]

그리고 다시 한번 말했다.

[날 가둔 놈이 바로 네가 믿어 의심치 않는 나르 디 마우그다.]

알고 있다. 저 정도의 마법사를 가둘 수 있는 존재는 드래곤이 아니면 불가능할 테니까.

"이유가 있었겠지."

놀랍지만 카릴은 아무렇지 않은 척했다.

"7인의 원로회가 꼭 대륙을 흥하게 하는 존재라고만 말할 수 없는 것처럼. 안 그래?"

그는 시험을 하고 있는 거다. 여기서 흔들리면 지금까지의 자신의 행동을 스스로 부정하는 꼴이 되어버리니까.

[크크크, 그래. 확실히 네 말대로야. 우리는 딱히 인간이 어떻게 살아갈지는 관심 없다. 그들에게 마법을 가르친 건 하나의 유희에 불과하니까.]

하지만 알른은 그 미약한 흔들림조차 놓치지 않았다.

[내가 묻고자 하는 건 그게 아냐. 너는 녀석이 단 한 번도 이상한 적이 없었나?]

"글쎄."

[아닐 텐데.]

그는 단번에 카릴의 대답을 부정했다.

[놈이 이곳에서 발견한 게 얼음 발톱 하나뿐이라는 것 자체부터가 거짓이니까.]

"빙빙 돌리지 말고 확실하게 말해."

그 순간, 마치 알른 자비우스는 오래된 동료처럼 카릴의 어깨에 가볍게 팔을 올렸다.

"……."

그의 행동이 마음에 들지 않았지만 일단 카릴은 잠자코 지켜봤다.

[솔직히 좀 놀랐다. 예견된 내 죽음을 네 기억 속에서 보게 되다니 말이야. 비록 육체는 없어도 천 년을 넘게 살아왔는데. 이제 겨우 몇 년 뒤엔 존재하지 않게 된다는 걸 알게 되니 아쉬운걸.]

"사는 게 아니지. 죽은 지 한참 됐잖아?"

[크크크.]

"당신 말은 당신을 죽인 자가 나르 디 마우그라는 말인가?"

[아니, 그건 몰라. 내가 소멸하는 걸 너도 못 봤으니까. 나는 그저 너의 기억을 토대로 추측할 뿐이다.]

"증거를 댈 만한 게 없다는 말이군."

[정말로 그전에 누군가에게 당했을지도 모르지. 회색교장을 공략하려는 자가 이 몇 년 사이에 나올 수도 있겠지.]

알른 자비우스는 나지막한 목소리로 말했다.

[하지만 분명한 건 있다.]

"그게 뭐지?"

철컥-

그 순간, 알른 자비우스의 팔이 움직였다.

그러자 얼음 발톱이 들어 있던 관의 잠금쇠가 움직이는 소리가 들리더니 저절로 옆으로 밀렸다.

쿠그그그그……

카가각…….

그러자 그 안에는 작은 상자 하나가 있었다.

[전생에 나르 디 마우그가 가져간 것이다. 이번엔 네가 선수

를 치게 되겠지. 너와 회색교장에 왔을 때 녀석이 이걸 가져간 게 틀림없다.]

카릴의 눈동자가 흔들렸다. 작은 상자는 단단하게 잠겨 있었다.

"자신의 죽음도 확실히 모르는데 그건 어떻게 확신하지? 네 죽음처럼 이 보물도 나르 디 마우그가 오기 전에 누군가가 털었을 수도 있지."

[아니.]

카릴은 단호한 그의 대답에 살짝 인상을 찡그렸다.

[그럴 수 없다.]

"어째서?"

[네가 그랬지? 초대 마법을 익힌 자가 아무도 없다고. 왜 그럴까?]

"……당신들의 마법이 드래곤과 관련이 있어서?"

[맞다. 7인의 원로회 중 절반은 드래곤에게 마법을 배운 자들이지. 미약하게나마 용마력을 쓸 수도 있었고. 속성을 뛰어넘은 건 나뿐이지만.]

그의 말에 카릴은 어째서 알른이 두 개의 속성을 쓸 수 있었는지 이해가 갔다.

드래곤의 마력은 무속성이다. 그 말을 뒤집으면 모든 속성을 사용할 수 있다는 말이기도 했다.

'그러면 원로회 중에 드래곤이 있을 거라는 추측은 틀린 건

가. 그래도 관련이 없는 것은 아니니 어느 정도는 맞았군.'

그럼 과거에 나르 디 마우그가 했던 말은 그냥 흘러간 말에 불과한 걸까.

알른의 말을 듣고 나니 괜히 의심스러워졌지만 일단 카릴은 조용히 그의 이야기를 들었다.

[우리가 창조한 마법은 모두 기저(基底)에 용마력이 깔려 있다. 초대 마법은 물론이거니와 나의 비전술까지 말이지. 그렇기 때문에 평범한 마력을 가진 자들이 배울 수 없는 것이기도 하고.]

"그런데?"

[생각해 봐라. 그런 우리가 보물을 아무나 찾을 수 있도록 그냥 뒀을까?]

"설마……"

카릴의 말에 알른은 고개를 끄덕였다.

[보는 것처럼 보물은 교장 안에 봉인해 뒀었다. 그리고 그 봉인을 풀기 위해선 용마력이 필요하다. 네 기억 속에서 분명히 봤지. 석벽 뒤가 열려 있는 걸.]

기억하지 못하지만 카릴의 무의식 속에 선명하게 남아 있는 장면을 알른 자비우스는 놓치지 않았다.

[전생의 미래에도 초대 마법을 익힌 자가 없다면…… 용마력을 가진 인간은 없다는 말이지. 그건 곧, 우리가 남긴 보물을 녀석을 제외하고 찾을 수 있을 리가 없다는 말이다.]

"......."

[게다가 그 얼음 발톱을 썼던 여자의 수준으론 불가능한 일이야.]

일말의 가능성마저 확실하게 배제하듯 그는 한 마디 한 마디 힘을 주며 카릴에게 새기듯 말했다.

[나르 디 마우그, 네 마지막 동료였던 백금룡이 회색교장의 보물을 숨긴 거다.]

"저게 도대체 뭔데?"

기다렸던 질문일까. 알른은 카릴을 향해 씨익 웃었다.

[이제는 정말 나와 계약을 할 마음이 생기나 보군.]

코앞까지 다가왔던 그는 마치 놀리듯 가볍게 뒤로 물러섰다.

[크크크, 그래. 용의 심장을 먹은 너라면 봉인을 풀 수 있겠지. 물론, 내가 마법식을 알려주지 않는다면 불가능하겠지만.]

"거래를 하자는 건가."

[난 처음부터 지금까지 계속 네게 그리 말하고 있었다.]

알른 자비우스는 보란 듯 카릴이 들고 있는 얼음 발톱을 가리키며 말했다.

냉기를 뿜고 있는 푸른 날의 검이 그의 눈에 들어왔다.

"저게 함정인지 진짜 보물인지 내가 널 어떻게 믿지?"

하지만 카릴은 쉽게 마음을 놓지 않았다.

거래는 언제나 신중하게. 한순간의 얄팍한 믿음이 전쟁의 승패를 가른다는 것을 누구보다 잘 알고 있었으니까.

[정말 의심이 많은 녀석이군. 검성이라는 자가 좀 더 대범해지는 건 어때?]

그러나 알른 자비우스는 더 이상 서두르지 않겠다는 듯 느긋하게 말했다.

[미래를 바꾸는 거? 너 혼자서도 가능하겠지. 하지만 원하는 미래를 쟁취하는 건 쉬운 일이 아니다. 나는 네 목표를 좀 더 앞당기고 그 확률을 높여줄 수 있다.]

"……."

[다시 억겁의 시간을 탑에서 보내는 끔찍한 일을 하고 싶지 않을 것 아냐. 안 그래? 그 대신 넌 내가 원하는 다리가 되어줄 수 있고 말이지.]

알른은 살짝 어깨를 으쓱하며 말했다.

[너나 나나 명백하게 원하는 건 같으니까. 나르 디 마우그, 녀석을 만나는 것.]

"……."

[난 여길 빠져나가야 한다. 이런 상황에서 내가 널 속이겠어? 그뿐이 아니다. 손을 가져와 봐. 내가 네 머릿속에 해체 공식을 주입해 줄 테니.]

순간, 카릴의 머릿속이 새하얗게 변하는 기분이었다.

그와 함께 알른 자비우스의 머릿속에 있는 수많은 공식이 읽히는 기분이었다.

[넌 운이 좋다. 나르 디 마우그보다 먼저 날 만났으니까. 마

력혈이 제대로 뚫려 있지 않은 지금 저 봉인을 만졌다가는 재가 되었을걸.]

"크윽……!!"

알른의 말에 카릴은 제대로 대답을 하지 못했다.

[네가 원한다면 지금 보고 있는 나의 지식까지 모두 주겠다. 네가 생각하는 모든 계획까지. 내가 좀 더 앞당겨 주마.]

수십, 수백, 수천 가지의 마법 공식들이 카릴의 머릿속을 복잡하게 휘젓고 있었다.

[신의 미래를 바꾸기 전에 인간의 미래부터 바꿔야 하지 않겠어?]

그는 속삭이듯 말했다.

"천 년 전 마법사와의 계약이라…… 생각지 못한 일인데."

카릴은 알른이 내민 손을 바라보며 낮게 웃었다.

[손해 보는 일은 아닐 터. 지금의 마법사들? 내가 살았던 마도 시대에 비할 바가 못 되지. 억겁의 시간을 거슬러 온 너에게 천 년의 시간은 한낱 티끌에 불과할지 모른다.]

알른 자비우스는 눈빛을 빛냈다.

[하지만.]

연기 같았던 그의 손이 점점 짙어졌다.

[억겁의 시간 동안 찰나조차 경험해 보지 못했던 네게 마력에 대한 천 년의 지식은 죽었다 깨나도 얻을 수 없는 것이지.]

"네 말이 맞다."

알른 자비우스가 지금껏 쌓아온 천 년의 지식은 그 어떤 대마법사도 가지지 못한 것이다.

아니, 어쩌면 드래곤에 필적할지도 모른다.

위험한 도박이었다. 자칫 잘못하면 오히려 육체가 알른에게 지배당할 수도 있으니까.

"좋다."

하지만 카릴은 망설이지 않았다. 절대로 그런 짓을 알른 자비우스가 할 수 없다는 것을 알고 있기 때문이다.

"내가 용의 심장을 먹은 걸 알면서도 계약을 하다니. 정말 이곳을 나가고 싶긴 한가 보군."

알른이 아무리 대단한 존재라 할지라도 결국 인간. 반면 용의 심장을 먹은 카릴의 육체는 더 이상 단순한 인간이 아니었다.

괜한 욕심을 부려 그의 마력을 집어삼키려다 오히려 가까스로 유지하고 있던 영체마저 사라질지 모르는 일이었으니까.

[천 년 만에 잡은 기회다. 나 역시 필사적이라고.]

척-

자신의 손을 잡은 카릴을 바라보며 알른은 피식 웃었다.

[날 이용해라, 카릴 맥거번. 내가 널 대륙 전쟁의 패왕(覇王)으로 만들어주마.]

바스락- 바스락-

어두운 방. 책장을 넘기는 소리만이 조용하게 들렸다.

"신기하군. 무슨 소린지 하나도 모르겠던 마법식들이 이제 이해가 가."

빼곡하게 꽂힌 책들. 하나같이 고대의 물건들이었다.

마법회의 마법사들이 이것을 봤다면 군침을 흘리며 득달같이 달려들었을 것이 분명했다.

[당연하지. 너는 지금 나의 지식을 공유하고 있으니까. 하지만 여전히 네가 쓸 수 있는 마력은 한정되어 있어.]

알른 자비우스는 자신이 생전에 썼던 소파에 익숙한 자세로 앉아 말했다.

"방법이 없을까? 마도 시대의 대마법사잖아."

[나도 너 같은 몸은 처음이니까. 그때도 용의 심장을 먹은 자는 없었어. 용의 심장은 마력의 응축체. 잘못 했다간 몸이 터져 버릴 테니까.]

"흐음……."

아쉽게도 마도 시대의 마법사조차도 마력혈을 뚫는 방법에 대해서는 알지 못했다.

'결국, 드래곤을 만나는 수밖에 없는 건가.'

어쩔 수 없다는 것을 알고 있지만 알른 자비우스가 했던 말이 자꾸만 떠올랐다.

'나르 디 마우그…….'

모든 해답은 그가 가지고 있을 것이다.

그를 만나는 것. 방법을 찾지 못한 것도 아니고 언젠가 만나게 될 일이기도 했으니까.

그전까지, 카릴은 자신이 할 수 있는 방법으로 강해져야겠다고 생각했다.

[그런데 말이야. 그 카이에 에시르란 녀석. 정말 인간인가?]

"무슨 의미야? 그자가 드래곤이라도 된다는 말이야?"

[확신할 수는 없지만 정말 인간이라면 단순히 마법만으로 드래곤을 잡는 건 결코 호락호락한 일이 아니니까. 나로서도 힘겨운 일이지.]

"뭐, 당신이 있던 7인의 원로회도 인간이 아니라는 말도 있었는데."

[소문과 진실은 결코 다르지. 그자의 싸움을 너는 봤잖아.]

알른의 말에 카릴은 가볍게 어깨를 으쓱했다.

"글쎄. 내가 본 것은 단 한 번의 전투뿐이니까."

[마법 이외의 다른 건 없었나?]

"다른 것?"

[마법 도구의 힘을 빌린 것일 수도 있고 정령술이 가미된 것일 수도 있지. 혹은 네가 모르는 다른 이의 도움을 받았을지도.]

알른 자비우스는 용 사냥꾼에 대해 관심이 컸다.

드래곤이란 마법의 극한에 있는 존재. 그런 존재를 마법으로 사냥했다는 사실이 그에게 흥미를 돋우기에 충분했으니까.

"우리가 모르는 다른 편법을 썼을 수도 있다는 말을 하고 싶은 거야? 어지간히 인정하고 싶지 않은 모양이네."

[흥…… 녀석이 뭐 남긴 말이나 그런 건 없나?]

그의 물음에 카릴은 불현듯 저택을 떠나기 전 아인헤리에서 카이에 에시르가 남긴 메시지를 떠올렸다.

"그러고 보니 한 가지 있었다."

[뭐지?]

카릴은 자신의 손목에 잠긴 팔찌를 보였다.

"용의 심장과 함께 그가 남긴 물건이야. 당신 말대로 심장을 삼키면 육체가 버티지 못한다는 걸 알고 놔둔 안배지."

[이건…… 나도 처음 보는 물건이군. 마도 시대의 물건이 아니야. 그자가 살던 250년 전 시대의 물건일 수도 있겠군.]

알른 자비우스는 매끈하게 세공되어 있는 탐욕의 팔찌에 박힌 보석을 바라봤다.

[어쩌면 드워프나 노움의 작품일 수도 있고 말이야. 이 정도의 정교함은 아무나 할 수 있는 게 아닐 테니까.]

"그러고 보니 그가 이걸 남기면서 했던 말이 있지. 자신과 같은 빌어먹을 것들이 두 명 더 있다고."

카릴은 떠올렸다. 역사에서는 찾을 수 없지만 카이에 에시르보다 더 이상한 것들.

[어쩌면 그건 인간이 아닐 수도 있겠군.]

"음?"

[단순한 말장난이지. '것들'이라고 낮춰 말한 건 그저 친분을 보이기 위함이 아닐 수 있다는 것이다. 이 팔찌만 하더라도 그 녀석이 말하는 '것들' 중 하나일지도.]

알른의 말에 카릴은 뒤통수를 얻어맞은 기분이었다.

스스로가 인간이고 카이에 에시르가 인간이기 때문에 너무나도 당연하게 그 상대 역시 인간이라 생각했었다.

[물론 많은 경우의 수 중에 하나지만……. 네가 그렇게 생각했던 건 어쩔 수 없는 일이야. 보아하니 이 시대엔 유사인간들이 거의 남아 있지 않은 듯 보이니까.]

"천 년 전 마도 시대는 달랐나?"

[그럼. 엘프들이 살던 엘븐하임부터 드워프의 아이언바르까지……. 귀찮은 네피림과 마족까지 있어 문제였지만 어쨌든 지금과는 아주 다르지.]

"……."

카릴은 머릿속이 복잡해졌다.

만약, 알른의 말처럼 카이에 에시르가 지칭한 두 사람이 인간이 아니라면 더욱 찾기 어려울 테니까.

게다가 역사에도 남아 있지 않은 인물.

'어렵군.'

카릴은 낮은 한숨을 내쉬었다.

언제부터였을까. 회귀 이후 그가 세웠던 무수한 계획들이 조금씩 엇나가고 있는 기분이 들었다.

그건 단순히 과거로 돌아온 것이 아닌 다시 얻게 된 삶 속에서 베일에 감춰져 있던 사건들을 알게 되었기 때문일 것이다.

[너무 심각해지지 마라. 어차피 그들은 과거의 존재. 250년 전에 남긴 말 한마디에 목숨 걸 필욘 없지.]

"그런가……."

[지금은 네가 강해져야 할 때잖나. 얼음 발톱을 얻으려고 했던 것도 그 이유고. 안 그래? 검성 나으리.]

알른 자비우스의 말에 카릴은 쓴웃음을 지었다.

"놀릴 생각이라면 그만둬. 하나도 재미없으니까."

[클클클…….]

카릴의 대답에 알른은 마치 연기처럼 흐릿한 잔상으로 나타났다. 그러나 회색교장 때보다 선명하진 않았다.

[네가 미하일을 나에게 맡긴 이유만큼 너 역시 지금보다 더 강해져야 한다는 걸 알고 있겠지?]

하지만 그는 지금 당장 자신의 모습보다 감옥 같았던 교장을 빠져나온 것만으로도 만족했다.

[나르 디 마우그의 레어 안에 어떤 괴물들이 있는지 말이야. 그걸 알고 있으니 너도 녀석이 있는 곳을 가지 못하는 것이고.]

"잘 알지."

회귀에 성공하고 난 뒤, 가장 빠르게 강해지는 방법을 꼽자면 역시 드래곤의 힘을 빌리는 것이었다.

하지만 알면서도 갈 수 없었다.

나르 디 마우그는 현재 잠들어 있었고 그가 아무리 뛰어난 검술을 가지고 있다 한들 육체적 한계가 있었으니까.

오우거와 미노타우로스 그리고 골렘까지. 드래곤의 레어는 결코 단신으로 뚫을 수 있는 곳이 아니었다.

"그리고 다른 이유도 있지."

알른은 가볍게 어깨를 떨었다.

[그래. 네가 강해짐으로써 나 역시 본래의 힘을 찾을 수 있으니까.]

영혼 계약(靈魂 契約).

카릴과의 계약 덕분에 그는 현실에서도 어느 정도 영향력을 끼칠 수 있게 되었다.

하지만 그가 관여할 수 있는 수준은 기껏해야 주변의 집기를 던진다든지 탁자를 흔드는 정도였다.

모르는 사람이 본다면 기껏해야 폴터가이스트(Poltergeist) 현상 정도로 알 것이다.

세상을 뒤흔들었던 대마법사의 현재가 기껏 한낱 유령 정도일 뿐이니까.

[그런 의미로 앞으로 네겐 얼음 발톱의 사용법을 알려주마. 마법을 익히는 것보다 네겐 검이 어울리니까.]

카릴은 탁자 위에 놓은 푸른 날의 검을 바라봤다.

마법검(魔法劍).

얼음 발톱(Freezing Talon).

마도 시대.

인간과 드워프 그리고 엘프가 공존하던 세월에 아주 특이한 단체 하나가 있었다.

블레이더(Blader). 오직 강한 무구만을 만들기 위해 뭉친 자들.

절대로 함께할 수 없을 것 같은 드워프와 엘프의 괴짜들과 7인의 원로회가 합쳐져 5개의 작품을 만들었었다.

불의 힘이 봉인되어 있는 차크람, 불타는 징벌(Flame Punish).

바람의 힘이 담긴 지팡이, 무한의 숨결(Infinite Breath).

물의 마법검, 얼음 발톱(Freezing Talon).

이 세 개가 전생의 카릴이 보았던 무구들이다.

'나머지 2개는 소실되어 찾을 수 없었다. 하지만 알른 자비우스가 있는 이상 어쩌면 나머지 두 개의 무구까지 발견할 수도 있겠지.'

카릴은 회귀를 하고 난 뒤 전부터 생각했었다. 자신의 검술을 제대로 발현하기 위해서는 그에 걸맞은 검이 필요하다고.

그리고 그에 부합하는 무구가 지금 손에 들어왔다.

"사용법이라면 알고 있다."

알른의 말에 카릴은 고개를 저었다.

[네 기억 속에 있는 그 미약한 용마력을 가진 여자의 방법을

말하는 거라면 잊어라. 그건 검을 쓰는 게 아니라 검에 휘둘리는 것이니까.]

"······."

[너도 알고 있을 텐데. 그 여자의 검술이 오히려 얼음 발톱을 망가뜨렸다는 걸. 검의 극의에 다다랐던 너라면 알고 있겠지. 뭐, 다른 선택지가 없으니 알면서도 어쩔 수 없었겠지만.]

카릴은 침묵했다.

"당신 말을 그 녀석이 들었다면 가만있지 않았겠어. 성격은 지랄 맞아도 검술은 나쁘지 않았으니까."

그러고는 한 사람을 떠올렸다.

이스트리아 삼국이 있는 남부에서 더 내려가면 북부의 이민족들처럼 제국의 영향권 밖에 사는 남부 일족이 있었다.

산세가 험한 북부와 달리 남부는 광활한 대초원으로 되어 있었기에 그들의 대부분은 기마 부족이었다.

그중에서도, 카르곤이라는 말과 비슷한 이형(異形) 동물을 길들이고 타는 일족이 있었다.

바로, 디곤(Diggon).

남부의 대부분이 소수 민족이었지만 전생에 유일하게 용마력을 가진 인간인 밀리아나가 이끄는 디곤만큼은 왕국이라 불러도 손색이 없을 만큼 커다란 세력을 유지하고 있었다.

[나쁘지 않았다? 바로 그게 문제다. 최강의 무구를 가지고도 마력도 없는 인간을 이기지 못했으니 말이야. 안 그래?]

카릴은 그의 말에 낮게 웃었다.

[자존심만 강한 녀석들이었지. 황금룡이라 불렸던 토스카가 축복을 내려준 인간들이니까. 항간에는 그와 인간 여자 사이에서 태어난 아이가 디곤의 선조라는 말도 있었지만 말이야. 마도 시대에서부터 수백 년 전의 일이니 알 수 없지.]

"그렇게나 오래되었나? 그 말이 사실이라면 드래곤의 피도 참으로 짙군. 그 세월이 흐른 뒤에도 유지되고 있으니 말이야."

[나라면 얼음 발톱을 그런 식으로 쓰지 않았을 거다.]

"그럼?"

[차라리 용아병(龍牙兵)을 만들겠지. 의지는 사라지지만 그게 훨씬 더 용마력에 대한 적응력이 뛰어날 테니까.]

아무렇지 않게 말하는 그의 모습에 카릴은 입을 다물었다.

"그거 살아 있는 사람에게 용의 피를 주입하는 저주술 말하는 거잖아. 제국 내에서 금지된 비술이다."

[세상이 망하는데 제국 따위가 무슨 소용이야?]

"그리고 이미 사라진 술법이기도 하고."

[사라지기 전의 시대에 살았던 사람이 바로 네 눈앞에 있는데?]

"……."

알른 자비우스는 카릴을 놀리는 것이 재밌다는 듯 키득거렸다.

"나는 절대로 인간을 제물로 쓰지 않아."

[그 알량한 자존심 때문에 더 많은 자가 죽었지. 어차피 죽을 거라면 차라리 도움이 되는 게 낫지 않나.]

"인간을 뭐라고 생각하지? 너 역시 분명 인간이었을 때가 있을 텐데."

카릴은 단호하게 말했다.

"내려진 결말로만 선악을 구분 짓는 것만큼 어리석은 일도 없지. 미래를 알고 있더라도 절대로 그따위 술법을 쓸 일은 없을 거다."

그의 모습에 알른 자비우스는 가볍게 어깨를 으쓱하며 말했다.

[뭐, 선택은 네가 할 몫이겠지. 하지만 필요하면 말해. 저주술을 쓰는 불멸회 녀석들도 모두 우리가 만든 마법 체계를 따르니까.]

"……."

[과거는 과거일 뿐이다. 그런 의미로 신파를 위해서 내가 널 추억의 장소로 데리고 가려는 건 아니다.]

카릴은 낮은 한숨을 내쉬었다.

"알고 있어. 전쟁을 떠나서 거긴 정령들이 살고 있는 신성지라 불리는 곳이니까. 하지만 7인의 원로회가 마법 이외에 정령까지 손을 대는 줄 몰랐는데."

[딱히 정령술 때문은 아니다.]

"그럼?"

[우리는 마법을 위해서 정령을 공부했을 뿐이다. 그리고 지금 내가 너에게 알려줄 것도 검술이 아니야.]

알른은 더 이상 카릴의 성질을 돋우기 싫다는 듯 대화의 주제를 바꾸었다.

[억겁의 시간 동안 검을 휘둘렀다고 네가 검에 대해 모두 깨달았다고 생각하지 마라. 그 어떤 현자도 신이 될 수는 없는 법이니까.]

"내 검술이 한계가 있다는 말인가?"

하지만 오히려 그 말이 카릴을 신경 쓰이게 만들었다. 오로지 검 하나만으로 정점에 도달했던 그에게 검을 부정하는 말을 했으니 말이다.

툭-

알른은 가볍게 카릴의 어깨를 두들기며 의미심장한 얼굴로 말했다.

[억겁의 시간 동안 너는 마력 '없이' 검을 휘둘렀을 뿐이니까.]

"……."

[검에 마력을 담는다고 해서 끝이 아니다.]

비아냥거리는 듯한 알른 자비우스의 태도에 카릴은 살짝 인상을 찡그리며 말했다.

"그래? 그럼 언제부터 가르쳐 줄 건데?"

[거봐. 마력을 얻고 나서도 제대로 마력을 쓰질 못하잖아.]

"뭐?"

그 순간, 카릴은 자신의 주위를 훑었다.

의식하지 못한 사이, 방이었던 주변은 어둠으로 변해 있었다.

[훈련은 이미 시작되었어.]

"여긴?"

[마도 시대의 마법사들이 훈련했던 훈련장이다. 뭐, 마법으로 만든 가상의 공간이긴 하지만.]

카릴은 주위를 둘러봤다. 전생에도 회색교장을 공략한 적이 있었던 그였지만 이런 너른 공터는 기억에 없었다.

[백금룡이 이곳의 지도를 알고 있으니까. 불필요한 곳은 통과하고 최단 루트로 얼음 발톱이 보관된 곳으로 온 거지.]

알른은 궁금해하는 그의 표정을 읽은 듯 카릴이 묻기도 전에 먼저 말했다.

[아니, 빠르게 날 죽이기 위함일지도 모르지.]

자조 섞인 그의 말에 카릴은 피식 웃었다.

"당신 같은 마법사를 쥐도 새도 모르게 죽이다니. 나르 디 마우그가 드래곤이라는 걸 새삼 느끼는군."

[그런 녀석을 상대해야 하는 거다, 넌.]

"나는 아직 가능성을 열어뒀어. 당신과 계약을 했다고 해서 내가 무조건 당신 편에 설 거라고는 생각하지 마."

[흥, 그래. 그건 두고 볼 일이지.]

보란 듯이 대답하는 알른 자비우스의 모습에 카릴은 의문을 가졌다.

'정말일까.'

신탁이 내려진 뒤, 모든 드래곤이 외면을 할 때 유일하게 나르 디 마우그만은 인류의 편에서 싸웠었다.

하지만 알른 자비우스의 말을 듣노라면 그가 단순히 인간을 아꼈기에 그랬던 것은 아닌 듯 보였다.

[집중해.]

상념을 깨뜨리는 알른의 목소리. 카릴은 얼음 발톱을 쥔 손에 힘을 주었다.

[회색교장은 마법사들을 가르쳤던 장소였다. 많은 마법사가 있었고 그들은 저마다 자신의 특색을 가졌지.]

마도 시대(魔道 時代).

알른 자비우스가 살았던 그 시절은 지금보다 훨씬 더 마법이 융성했던 시절이었다. 같은 속성이라 하더라도 정형화된 마법이 아닌 수많은 변칙을 만들어냈다.

250년 전, 카이에 에시르가 사용했던 마법의 기원도 어쩌면 마도 시대의 누군가가 먼저 일지도 모르는 일이었다.

[그중에서도 특이한 녀석이 하나 있다.]

"그렇군."

알른 자비우스의 설명을 듣지 않아도 카릴은 알 수 있었다. 훈련장엔 무수한 마법의 흔적이 있었다. 하지만 그들 사이에서 유난히 눈에 띄는 것이 있었다.

"검흔(劍痕)이로군."

오래되고 난잡해 보이지만 훈련장의 벽면부터 여기저기에 남아 있는 흔적들.

'한 명이 아닌데…….'

난잡해 보이는 이유는 그 때문이었다.

세월이 지난 만큼, 최초의 검흔 위로 또 다른 흔적이 덮이고 그 뒤로 또 합쳐지기를 반복. 구분하기 어려울 정도로 어지럽혀져 있었다.

[내가 하고자 하는 말은 널 소드 마스터로 만드는 게 아니다. 우리가 추구하는 검술은 단순히 검에 마력을 주입해서 위력을 올리는 것이 다가 아니니까.]

"그럼?"

[기껏해야 검사가 쓸 수 있는 마법엔 한계가 있다. 자신의 신체를 강화시키는 버프와 실드 그리고 무구에 속성을 집어넣는 마나 블레이드 정도지.]

카릴은 고개를 끄덕였다. 알른 자비우스의 말에 동의를 한다는 뜻이었다.

[육체를 통한 검술에는 한계가 있으나 마법에는 한계가 없다. 만약, 소드 마스터급의 검술을 가진 자가 대마법사급의 마력을 가졌다면?]

"흥……."

하지만 두 번째 말에는 코웃음을 쳤다.

"마법사의 입장에서 본 편협한 시선이야. 검술에 한계가 있다고? 누가 그런 말을 했지? 진정한 정점에 도달해 봤는지 보고 싶군."

카릴의 말에 알른 자비우스는 낮게 웃었다.

[클클…… 그래. 그렇게 생각할 수도 있다. 나는 검술에 대해서는 모르지만 그게 마법사의 시선이라는 건 인정한다.]

딱-

알른 자비우스는 들고 있던 흐릿한 지팡이를 바닥에 내려쳤다. 그러자 수많은 검혼이 사라지고 단 하나만이 남았다.

[내가 너에게 알려주고 싶은 것은 마법사가 강한가 검사가 강한가 하는 게 아니야.]

"……."

[단지 그 녀석이 했던 말이 있거든.]

"그게 뭐지?"

카릴은 그렇게 말하면서도 앞에 남은 검혼들에 눈을 떼지 못했다.

[검사의 검술과 마법사의 검술은 명백히 다르다.]

알른 자비우스는 이미 카릴이 검혼들로부터 뭔가를 눈치챘다는 것을 알았다.

그는 은밀하게 카릴에게 속삭이듯 말했다.

[너는 더 이상 흔한 잣대로 구분할 수 있는 존재가 아니다. 고작 소드 마스터에 머물러 있을 생각은 아니겠지.]

알른의 말에 카릴은 낮게 웃었다.

"그럼?"

[대마법사의 능력과 소드 마스터의 능력. 그 모든 것을 쓸 수 있는 유일무이한 존재.]

파앗-

그 순간, 훈련장에 새겨진 검흔들이 빛나기 시작했다.

[그 누구도 도달하지 못한 정점인 그랜드 마스터(Grand Master)가 되는 거다.]

촤악- 촤자작---!!

콰가가강---!

눈앞에 검 한 자루가 휘몰아쳤다.

순식간에 이어지는 검식은 처음에는 패도적이었다가 그다음은 변칙적이었다. 때로는 빠르고 때로는 느리며 허공을 긋는 궤도는 눈으로 좇을 수 없을 만큼 어지럽게 흩날렸다.

쾅-!! 콰강---!!

푸른빛을 띠는 영체는 사람의 모습이 되었다가 흩어지면서 둘로 나누어졌다가 다시 셋이 되어 서로 경합을 벌였다.

[훈련장에 남아 있는 흔적과 나의 기억을 토대로 만들어진 검격이다. 검술에 대해서 설명을 하긴 어렵지만 너라면 백 번의 설명보다 한 번 보는 게 나을 테니까.]

"흥미롭군."

셋의 영체 중 하나가 다른 하나의 목을 베었다. 그리고 그 기세를 늦추지 않고 나머지 하나의 숨통마저 끊었을 때 허공에서 다섯의 영체가 나타났다.

'하나하나가 급소를 노리는 정초다. 연계하기 어려운 자세를 마법으로 커버하고 마나 블레이드에 연연하는 것이 아니라 검술 그 자체에 중점을 두었다.'

카릴은 영체가 뿜어내는 검식을 지켜봤다.

지금까지 그가 싸워왔던 방식과는 분명 달랐고 소드 마스터의 검술과도 차이가 있었다.

[7인의 원로회 중 유일하게 검을 썼던 칼네레가 창안한 검술이다. 녀석은 자신이 사용했던 얼음 발톱에 가장 적합한 검술을 만들었지.]

"확실히 대단하군."

[49개의 복잡하고 세세한 검식은 그 어떤 상황에서도 완벽하게 대처할 수 있다고 했지. 자만하는 꼴은 보기 싫지만 녀석이 검을 들면 나도 싸우기 버거웠던 게 사실이니까.]

알른 자비우스는 허공에 손을 저었다. 그러자 영체들이 자신의 앞에 있던 다섯 영체를 날려 버렸다.

촤아아악……! 촤악……!!

그와 동시에 49개의 영체가 분리되어 나타나 제각각의 자세로 검을 쥐었다. 첫 번째부터 마지막까지 그들의 모습을 눈에 새기듯 카릴은 하나도 빠짐없이 바라봤다.

[쉽게 익힐 수 있는 것이 절대로 아니다. 조급해하지 마라. 회색교장을 나와서도 너와 계약을 하고 난 뒤라면 이 공간을

만들 수 있을 테니까.]

알른 자비우스는 카릴의 어깨를 가볍게 두들기면서 말했다.

[너의 마력이라면 일도 아니지.]

부웅---!!

카릴은 들고 있던 얼음 발톱을 가볍게 휘둘렀다. 공기를 가르는 묵직한 소리가 들렸다.

"흐음……."

그러고는 고민을 하는 듯 잠시 생각에 잠긴 채 눈을 감았다.

부웅- 부우웅-!

몇 분을 그렇게 가만히 서 있던 카릴은 눈을 뜨자 다시 한 번 검을 휘둘렀다. 이번에는 좀 더 길게 몇 번의 검식이 연결되다시피 이어졌다.

촤악…… 촤가각……!!

몇 번을 그렇게 반복을 했을까.

묵직했던 검날 소리는 점차 날카로워지고 카릴의 동작 역시 갈수록 빨라졌다.

[…….]

위에서 아래로, 옆에서 대각선으로.

튕겨 나가듯 움직이는 카릴의 모습을 바라보며 알른 자비우스는 입을 다문 채 조용히 그를 관전했다.

서걱-

공기를 갈라 버리는 듯한 날카로운 소리.

파공음은 더 이상 들리지 않았다. 오히려 침묵에 가까웠다.

"후우……."

검식이 멈추고 카릴이 얼음 발톱을 가볍게 휘두르자 검 끝에 맺혔던 서리 물방울이 바닥에 떨어졌다.

"이 검술의 이름이 있나?"

땀을 훔치며 카릴이 고개를 들었다. 알른 자비우스는 그 모습에 기가 차다는 얼굴로 나지막하게 말했다.

[무색기검(無色氣劍).]

"좋은 이름이군. 검술에 어울려."

카릴은 고개를 끄덕였다. 만족스러운 얼굴로 다시 한번 가볍게 검을 휘두르며 검식을 음미하고 나서 그가 말했다.

"그런데 내게 보여줄 건 이게 단가?"

[뭐?]

알른 자비우스는 그의 물음에 움찔거리며 되물었다.

"만약 그렇다면 더 이상 이곳에서 볼일은 없을 것 같은데. 차라리 밖에 나가면 나보다 더 당신의 입맛을 돋을 수 있는 자가 있을 거야."

[그게 무슨…….]

카릴은 얼음 발톱을 집어넣으면서 말했다.

"그리고 한 가지 잘못 알고 있는 것 같아서 말해주는데 이 검술. 49개의 검식으로 되어 있는 복잡한 검술이 아냐."

[그럼……?]

알른 자비우스는 입을 뻐끔거리며 놀란 얼굴로 카릴을 바라봤다.

"이건 고작 7식의 검술에 불과해."

카릴은 이미 무색기검의 정수를 꿰뚫어 보았다.

"돌아오셨습니까!!"

마차 안에 있던 카릴은 밖에서 들리는 외침에 천천히 감았던 눈을 떴다.

영주관에서 준비해 준 마차에 몸을 기대었을 때 짧은 시간이지만 오랜만에 편하게 쉴 수 있었다고 생각했다.

"벌써 도착했나."

회색교장에서 지냈던 시간을 떠올리며 카릴은 아쉬운 듯 입맛을 다시며 중얼거렸다.

[저 녀석인가. 네가 말했던.]

헐레벌떡 뛰어오는 미하일의 모습을 보니 카릴은 그제야 진짜 돌아온 기분이 들었다. 그의 뒤로 에이단 하밀과 바르고 시라가 보였다.

"맞아. 어때?"

[백금룡이 어째서 그런 말을 했는지 알겠군. 마력혈에서부터 마력점까지 이어지는 혈맥이 다른 자들보다 짧다. 저런 육

체는 마법을 익히기 수월하지.]

"그래?"

[녀석의 손을 한번 잡아봐.]

마차에서 내린 카릴은 알른의 말에 미하일의 손을 잡았다.

"엑?!"

갑작스러운 악수에 미하일은 깜짝 놀란 얼굴로 그를 바라봤다.

[흐음, 좋군. 혈맥의 굵기도 굵어서 마력이 순환하기도 편하고…… . 축복받은 신체야. 잘만 배운다면 너희 시대의 대마법사라 불리는 반열에도 오를 수 있겠는걸?]

'그 정도야?'

[내가 살아 있던 때라면 널리고 널렸겠지만.]

카릴은 여전히 자신의 시대에 대한 자부심을 놓지 않는 알른의 모습에 피식 웃었다.

하지만 이로써 명확해졌다. 단순한 추측에 불과했었던 자신과 달리 알른 자비우스는 미하일의 재능과 신체를 명확하게 꿰뚫어 봤다.

[그래. 물론, 그만한 배움을 배울 수 있느냐 하는 전제하에 말이지만.]

카릴은 고개를 끄덕였다.

대마법사까지 오를 수 있는 자질을 가진 자가 전생에서는 그저 조금 잘 싸우는 용병의 삶으로 그쳤으니까.

'그런 걸 보면 사람의 운명이란 정말 알다가도 모르겠군.'

그건 자신 역시 마찬가지였다. 마법 무구인 얼음 발톱을 구하러 들어간 회색교장에서 고대의 마법사를 만나게 될 줄이야.

게다가 지금 그와 함께 있지 않은가.

'스승이라면 걱정 없겠는걸. 당신이 있잖아.'

카릴은 마음속으로 알른에게 말했다. 계약을 끝낸 두 사람은 굳이 육성을 쓰지 않아도 대화가 가능했다.

[지금 나에게 저 애송이를 가르치라고? 아서라, 이 녀석아.]

심드렁하게 말했지만 어쩐지 알른의 목소리가 들떠 보였다.

그럴 수밖에. 살아 있든 죽어 있든 그는 태생이 마법사였으니까. 훌륭한 제자를 기르는 것은 스스로 마법을 탐구하는 것만큼이나 즐거운 일이었다.

'필요할걸. 나르 디 마우그의 레어를 공략하려면 나 혼자서는 힘들 테니까. 게다가 나보다 미하일을 가르치는 것이 더 즐거울 텐데.'

[흠…….]

알른이 침음성을 흘리는 사이, 카릴은 일부러 사람들을 피해 테이블 쪽으로 발을 옮겼다. 그러곤 육성으로 조용히 말했다.

"여기서 마무리할 일만 끝내면 우린 바로 떠날 거다. 시간은 충분해. 레어에 도착하기 전까지 녀석을 한번 제대로 만들어 보는 건 어때?"

솔직히 검을 쓰는 카릴을 가르치는 것보다 마법사를 기르는 것이 알른으로서도 즐거운 일이었으니까.

카릴의 말에 알른 자비우스는 입맛을 다시며 말했다.

[대신 조건이 있다. 녀석을 가르치려면 꽤 시간이 걸리겠지. 백금룡의 레어에 도착하는 시기에 대해선 네게 맡기지. 대신, 우리가 가는 여정에 청도(靑道)를 들릴 수 있나?]

"청도……?"

카릴은 처음 듣는 지명에 고개를 갸웃거렸다.

[그래. 지금 시대의 사람들은 이렇게 부르는군.]

알른은 카릴의 기억 속에서 한 단어를 끄집어냈다.

[나락 바위.]

그 순간, 카릴의 얼굴이 굳어졌다.

[그래. 가기 싫은 곳이겠지. 네가 과거로 돌아온 탑이 세워진 장소니까. 그리고…….]

"그만."

알른은 카릴의 말에 입을 다물었다.

모를 리 없다. 아니, 어찌 잊을 수 있겠는가.

바로, 자신이 황제 올리번을 죽인 곳이었으니까.

"나락 바위라……."

카릴은 쓴웃음을 지으면서 낮은 목소리로 말했다.

테이블 위에는 여기저기 복잡하게 메모가 되어 있는 지도가 놓여 있었다. 그동안 자리를 비운 만큼 그는 앞으로의 여정에 대해서 계획을 할 필요가 있었다.

그중에도 붉은색으로 동그랗게 쳐 있는 장소.

"오랜만에 듣는 이름이야."

[너에게는 썩 유쾌하지 않은 장소겠지만 네 기분을 나쁘게 하기 위해 일부러 찾아가는 것은 아니다.]

"알고 있어. 천 년이나 살았던 자가 고작 그런 유치한 짓을 할 리가 없다는 걸 알아."

지도를 바라보며 카릴이 대답했다. 바르소 시라가 운영하는 가게에서 구입한 지도는 평범한 것과는 조금 달랐다.

일반적으로 유통되는 지도는 남쪽에 위치한 이스트리아 삼국까지 표시되어 있다. 하지만 삼국보다 더 밑에 대륙의 진짜 남부 지역이 있었다.

북부의 왕국들은 자신들과 전혀 다른 부족 형태의 세력을 일구고 있는 그들을 가리켜 야만족이라 불렀다.

'멸족의 위기에 있는 북부의 이민족과 달리 남부의 야만족은 그 세력이 각각 나누어져 있다 하더라도 강력하다.'

그중에서도 특출나게 강한 세력을 가진 부족. 그것이 한때 카릴의 동료였던 밀리아나의 디곤 부족이었다.

알른 자비우스가 말했던 나락 바위는 바로 이 남부에 위치해 있었다.

[평생 남부의 야만족과 북부의 왕국이 합쳐질 수 있을 거라고는 생각 못 했는데. 네가 전생의 마지막을 남부에서 끝냈다는 것에 솔직히 좀 놀라웠지.]

"인류가 멸망하기 직전의 위기에 놓여 있는데 북부와 남부를 나눌 처지가 아니지."

카릴은 잠시 숨을 고르면서 말했다.

"나락 바위를 가는 것은 큰 문제가 되는 건 아니야. 어차피 남부를 얻기 위해선 거쳐야 할 관문이니까."

그는 지도 위에 동그란 원 주위에 또 다른 작은 원들을 가리켰다.

"나락 바위를 수호하는 5대 일가는 밀리아나의 디곤을 제외하고 가장 세력이 큰 권세니까. 그들을 내 편으로 끌어들이면 디곤을 움직이기도 쉽지."

[설마…… 그놈들 아직도 그 전설을 믿고 있는 거냐.]

"그때도 있었나 보지?"

[정령의 힘이 약해진 지가 언제인데……. 나락 바위에 정령왕이 존재한다는 허황된 믿음이 천 년이나 이어지다니. 이래서 미개한 야만족들이란…….]

알른 자비우스는 고개를 저으면서 낮은 한숨을 내쉬었다.

"미개한 야만족이라……. 지금 북부 이민족의 몸에 기생해서 살고 있는 게 누군지 모르겠는데."

[……하, 하하. 북부랑 남부랑은 완전히 다르지. 절대로 그런 의미가 아닐세.]

"농담이야."

카릴의 한 마디에 알른은 없는 심장이 벌렁거리는 기분이었다.

"정령왕이 있든 없든 그게 중요한 건 아니야. 다만 5대 일가의 부족들은 나락 바위 정상에 오른 자만이 자신들을 통치할 수 있다는 전설을 믿으니까."

[그곳을 네가 오를 거고?]

"그래."

알른 자비우스는 씨익 웃었다.

[어쩐지 너랑은 합이 잘 맞는 것 같군. 백금룡의 레어를 가야 하는 목적도 그렇고 말이야. 네가 나락 바위의 정상을 오르는 거라면 내가 도움을 줄 수 있지.]

"도움?"

[그곳에 숨겨진 비밀이 하나 있거든.]

카릴은 고개를 갸웃거렸다.

[네 혈맥을 뚫을 수 있는 방법이 있다.]

"……!!"

생각지도 못한 그의 말에 친우의 죽음을 얘기할 때에도 평정심을 유지하던 그의 얼굴이 감정을 숨기지 못했다.

"그게 정말이야?"

[진짜다. 물론, 용의 심장을 먹은 너로서는 드래곤의 방식을 따르는 게 가장 완벽하겠지만 나 역시 그들에 버금갈 만큼 천년 동안 마법을 연구한 사람이다.]

"어떻게?"

[사실 5대 일가의 야만족들이 나락 바위가 사라진 정령왕의

무덤이라고 숭배하고 있지만 완전히 틀린 말은 아니야. 대륙에서 가장 정령의 힘이 강한 곳이 그곳이니까.]

"으음……."

[너도 알다시피 이제 정령은 거의 보기 힘들다. 마도 시대 때에도 중급 정령과 계약을 한 정령술사들도 좀처럼 보기 어려웠으니까.]

"그렇지."

카릴은 고개를 끄덕였다.

[용마력은 일반적인 마력과는 전혀 다르다. 7인의 원로회 중에서도 그 힘을 제대로 받아들인 사람은 나뿐이었으니까.]

알른 자비우스는 자부심 가득한 목소리로 말했다.

[용마력은 마력이란 이름을 가지고 있지만 오히려 정령력과 비슷하다고 할 수 있다. 마법과 정령 둘 다 속성을 가지고 있지만 다른 것처럼 말이야.]

"그럼 어떻게 해야 하지?"

[내가 전에 청린에 관해서 얘기한 것 기억하나?]

"물론. 그걸 어떻게 잊을 수 있겠어. 그 비싼 청린을 아무렇지 않게 태워먹었는데."

회색교장 안에서 얼음 발톱을 꺼내기 전에 던져 버렸던 구슬을 떠올리며 카릴은 아쉬운 듯 입맛을 다셨다.

[껄껄…… 녀석아, 내가 있는데 고작 그게 아까우냐. 지금 우리가 나락 바위에 가는 이유가 바로 그 청린을 얻기 위해서

인데.]

"청린을 얻기 위해서라고?"

[그래. 전에 내가 청린이 광물이 아니라 비전의 샘에서 만들어진 이끼가 굳어진 거라고 했잖아. 그 비전의 샘이 바로 나락 바위에 있다.]

꿀꺽-

카릴은 자신도 모르게 그의 말에 마른침을 삼키고 말았다.

전생에서는 제조법도, 구할 수 있는 방법도 알려지지 않은 청린(靑燐)은 그저 왕과 몇 안 되는 고위 귀족의 가문에 전해지는 무구에만 남아 있을 정도로 귀한 것이었다.

[청린으로 만들어진 무구가 타락에 큰 효과가 있는 이유가 무엇인지 아느냐. 내 생각엔 청린이 정령의 힘을 가지고 있기 때문이다.]

"정령이라……."

[그래, 드래곤이 우리에게 마력과 마법을 가르쳐 주면서 명했던 것이 비전의 샘을 관리하는 일이었다. 그 관리자가 나였고 수십 년을 그곳에 있으면서 한 가지 깨달은 바가 있었지.]

"용마력이 정령력과 관련이 있다는 것?"

알른 자비우스는 카릴의 말에 흐뭇한 표정을 지으면서 고개를 끄덕였다.

[바로 맞췄다. 인간계에 살고 있는 동물이지만 드래곤은 본질적으론 정령계에 속하는 존재다. 비전의 샘의 샘물은 용마

력을 강력하게 만들어주기에 드래곤들에겐 아주 중요한 장소였다. 사라져 가는 정령력을 가지고 있는 유일한 곳인 셈이지.]

"그곳에서 내 용마력 역시 안정화시킬 수 있다는 말이군."

[바로 그거지. 게다가 마침 비전의 샘도 나락 바위의 정상에 있으니 일석이조가 아니겠느냐.]

카릴은 주먹을 쥔 손에 힘을 주었다.

천재일우의 기회.

아인혜리에서 용의 심장을 얻고 난 뒤 마력을 쓸 수 있게 되었지만 마력을 증강시킬 수 있는 혈맥을 뚫는 방법을 찾지 못한 채 정체되어 있던 그에겐 더할 나위 없는 기회였다.

[거봐라. 나를 회색교장에서 빠져나올 수 있도록 도와준 것이 네게 얼마나 큰 이득이 되는지 이제 알겠지?]

카릴은 그의 말에 피식 웃었다.

"인정해. 내가 당신과 계약을 한 일은 잘한 거 같아. 하지만 그게 끝은 아닐 것 같은데?"

[……뭐?]

"나르 디 마우그와의 만남을 천 년이나 참아왔던 당신이야. 그런 사람이 내 용마력을 증가시키기 위한 이유만으로 경로를 바꾼다고?"

[하여간…… 선의를 의심으로 보기는.]

알른 자비우스는 못마땅하다는 듯 말했지만 카릴은 슬쩍 눈치를 주면서 고개를 끄덕였다.

어떤 말을 해도 이해해 주겠다는 허락의 의미였다.

[크크…….]

잠시 뜸을 들이던 그는 결국 카릴을 바라보며 멋쩍은 듯 웃었다.

[네놈에겐 뭘 숨기질 못하는군. 가끔 어린 모습에 속는다니까.]

"나락 바위를 가는 것이 나에게 충분히 이득이라는 걸 납득했으니 당신 목적도 알아야 도와주지. 안 그래?"

[그 말은 이득이 되지 않으면 거절할 수도 있다는 말로 들리는데.]

"잘 알아들었네. 무엇이든 날 속여서 몰래 할 거라면 나중에 오히려 더 손해일걸."

팔짱을 낀 채로 의자에 몸을 기대며 카릴은 다시 한번 고개를 끄덕였다. 능청스러운 그의 말에 알른은 결국 못 이기는 척 대답했다.

[담금질 때문이다.]

의미심장하게 알른의 말에 카릴은 선뜻 이해가 가지 않는 듯 되물었다.

"담금질?"

[전에 내가 얼음 발톱을 드워프와 엘프의 합작이라고 했었지?]

"블레이더란 단체를 말하는 건가? 7인의 원로회도 속해 있었다던."

[맞아. 뭐, 그건 중요한 게 아니지만 어쨌든 블레이더가 만

든 5개의 마법 무구는 모두 비전의 샘에서 탄생한 것들이다. 그렇기 때문에 정령의 힘을 가지고 있기도 하고.]

"그런데?"

[비전의 샘의 샘물을 얼음 발톱에 먹이면 정령력이 강화된다. 정령이란 말 그대로 자연계에 존재하는 영혼과 같은 것. 정령력이 강화된 얼음 발톱이라면 내 영혼까지도 받아들일 수 있을 가능성이 있거든.]

"설마…… 그 말은 당신이 검을 통해서 영체에서 실체화할 수 있다는 말인가?"

[그렇지. 물론, 네 마력이 필요하겠지만 말이야.]

"재밌군."

카릴은 알른 자비우스의 말에 묘한 웃음을 띠며 말했다. 예상과 다른 그의 반응에 오히려 의아한 것은 알른이었다.

[놀랍지 않으냐?]

"뭐, 망령 계열의 몬스터들 중에서도 이따금 실체화를 할 수 있는 녀석들이 있으니까. 크게 이상한 건 아니지. 물론, 실제로 보는 건 처음이지만."

[그게 아닌 것 같은데.]

알른 자비우스는 카릴을 흘겨보며 말했다.

[너야말로 내 말을 듣자마자 또 다른 꿍꿍이가 생긴 것 같아서 말이야.]

"티 났나?"

[……하여간 방심할 수 없는 녀석이라니까.]

카릴은 팔짱을 풀면서 가볍게 어깨를 으쓱했다.

"지금 당장 할 일은 아니야. 그냥 재밌는 생각이 들어서 말이지. 당신 말대로 비전의 샘의 샘물로 담금질한 무구를 매개로 영체를 실체화시킬 수 있다면……."

[으흠?]

"블레이더가 만든 마법 무구는 얼음 발톱 말고도 더 있다고 했지?"

[그렇지.]

"5개의 무구 중에 이걸 제외하고도 불타는 징벌과 무한의 숨결은 전생에서도 봤던 거니까 구할 수 있고. 게다가 나머지 2개도 소실되었지만 당신이 있으니 운이 좋다면 찾을 수 있을지도 모르고."

[……하고 싶은 말이 뭐야? 이젠 네가 그런 표정으로 말을 하면 겁부터 나는군.]

카릴은 알른 자비우스의 말에 피식 웃었다.

"나머지 마법 무구를 찾아 그것들 역시 담금질을 해서 영체의 매개물로 쓰는 거다. 얼음 발톱이 가능하면 나머지도 가능하겠지."

[이론상으론 가능한 일이다만 나 말고 영체가 또 있단 말이야?]

"많지. 그것도 쓸 만한."

[설마…….]

알른 자비우스는 무언가 떠오른 듯 입을 다물지 못한 채 카릴을 바라봤다.

[미친놈.]

그러고는 그의 말을 듣기도 전에 말했다.

[불사(不死)의 군단이라도 만들 생각이냐.]

"못할 것도 없지."

[거긴 천 년 전 마도 시대에도 공략하지 못했던 곳이다. 인간이 발을 들여놓으면 안 되는 곳이라고.]

"말했잖아. 지금이 아니라 나중에라고."

알른 자비우스는 담담하게 말하는 카릴의 말에 질린다는 표정으로 말했다.

[……너 같은 독종은 처음 본다. 무슨 말만 하면 이용해 먹으려고 눈에 불을 켜니 말이야.]

"크큭……."

카릴은 그의 말에 웃었다.

북부의 이민족뿐만 아니라 대륙을 통일한 제국조차 넘볼 생각을 하지 못하고 거대한 장벽을 만들어 경계를 그은 금단의 땅. 죽은 자들이 사는 그곳엔 천 년이 넘는 세월 동안 공략하지 못한 하나의 던전이 있다.

망령의 성, 고스트 캐슬(Ghost Castle).

'그곳의 성주(城主)인 리치(Lich), 자르카 호치. 그 녀석을 다룰 수 있게 되면 전쟁의 판도는 완전히 달라질 수 있다.'

새로운 목표가 하나 더 생겼다. 그리고 그 생각은 카릴을 흥분시켰다.

"알른, 환영 공간을 만들어. 가만히 있는 시간이 아까워. 나머지 훈련을 마무리해야겠어."

[아무렴. 몸이 근질근질하겠지. 교장 때와는 다를 거야. 마력을 듬뿍 써서 만들 테니 나오는 괴물의 수도 장난이 아닐 거다.]

카릴은 얼음 발톱을 쥐면서 나지막하게 말했다.

전생에서는 절대로 하지 못할 말.

"마력 따위 얼마든지."

▶Chapter 3◀

'왜 아까부터 가만히 앉아만 있는 거지? 여기에서 볼 일은 이제 끝났잖아? 왜 안 가는 거야?'

창밖에서 고개를 내밀고 있던 에이단은 카릴의 뒷모습을 바라보며 안절부절못하고 있었다.

카릴이 가부좌를 틀고 앉아 있었던 것이 그가 본 것만 해도 12시간은 족히 흘렀기 때문이다.

"무슨 훈련일까요?"

"나도 모르지."

영주관에서 돌아온 카릴이 방에 들어간 뒤로 하루가 지나도 나오지 않자 미하일과 에이단은 그를 깨우러 위층으로 올라왔었다.

하지만 방 안에서 흘러나오는 마력의 기운에 그들을 섣불리

문고리에 손을 대지 못했다.

'뭐지. 이 짙은 마력은?'

피부가 따끔따끔해지는 기분. 에이단은 자신도 모르게 마른침을 꿀꺽 삼키면서 긴장된 얼굴로 문을 두들겼다.

똑- 똑-

"카릴 님, 에이단입니다."

그러나 대답이 없었다. 불안한 눈빛으로 서로를 바라보던 미하일이 먼저 말을 꺼냈다.

"지금 이거…… 카릴 님의 마력이 맞죠?"

"그렇겠지."

3클래스의 반열에 오른 미하일은 이제 외부에서 흐르는 마력을 감지할 수 있었다.

회색교장에 다녀오겠다는 말만 남기고 며칠 동안 사라졌다가 돌아온 카릴은 마치 다른 사람이 된 듯했다.

미하일은 신기한 듯 그를 바라봤다.

'하긴, 나도 마찬가지지. 내가 3클래스의 반열에 오를 거라고 상상이나 했었나. 마법에 '마' 자도 관련이 없다고 생각했는데. 아조르에 와서 삶이 변했지.'

그는 쓴웃음을 지었다.

한낱 용병이었던 자신의 삶을 완전히 바뀌었다. 그리고 이건 시작에 불과하다는 것을 안다. 자신도 이런데 카릴이 변하지 않았다면 오히려 더 이상한 일일지도 모른다.

카릴을 따라간다면 앞으로 상상할 수 없는 영역에 도달할 수 있을 것이라는 기대감.

이렇게 말하면 어떻게 들릴지 모르겠지만, 어느새 교도 용병단을 나올 때의 불만은 사라진 지 오래였다.

"……."

그때였다.

"미하일."

뒤도 돌아보지 않고서 자신의 이름을 부르는 카릴의 목소리에 그는 화들짝 놀라며 소리쳤다.

"네? 네네!!"

"1층에 톰슨이란 남자가 있을 거다. 데리고 와."

"……알겠습니다."

카릴이 천천히 일어서며 문을 열었다. 바로 앞에 서 있던 에이단이 놀란 표정을 황급히 감추었다.

"시간이 얼마나 흘렀지?"

"음…… 하루 반나절 정도 지났습니다. 어디 아프시거나 한 건 아닌가요?"

"괜찮아. 생각보다 많이 흘렀네."

어쩐지 카릴의 얼굴이 핼쑥하게 변해 있었다.

하루가 넘도록 아무것도 먹지 않긴 했지만 뒤를 돌아선 그의 얼굴은 마치 몇 주는 족히 굶은 사람 같았다.

"식사를…… 좀 준비할까요?"

"좋지."

카릴은 허기진 표정으로 고개를 끄덕였다.

"다, 당장 준비하겠습니다."

에이단은 어쩐 일인지 카릴과 눈을 마주치는 것이 힘들었다. 게다가 어떻게든 빈틈을 찾으려고 했던 예전과는 달리 고분고분한 모습.

도망치듯 황급히 몸을 움직여 그는 계단을 내려갔다.

멈칫-

순간, 반쯤 층계를 내려갔을 때 그의 발걸음이 멈추었다.

파슥……!!

그러고는 자신도 모르게 난간을 잡은 손에 힘이 들어갔다.

'설마……'

부서진 난간만큼이나 에이단의 얼굴이 구겨졌다.

'지금 내가 그의 기에 눌린 건가?'

재빠르게 움직인 것은 배고픈 그를 위한 호의가 아니었다. 본능이었다. 도망을 치기 위한 핑계였던 것이다.

"……젠장."

지금까지와는 완전히 달랐다.

'자리를 비우기만 하면 완전히 다른 사람이 된 것처럼 변해 버리잖아? 도대체 그사이에 또 무슨 일이 있었던 거지.'

에이단은 위층을 다시 한번 바라보며 생각했다.

궁금했다. 하지만 그의 발은 아래를 향했다.

다시금 저곳에 오를 엄두가 나지 않았기 때문이었다.

"하루가 좀 넘었군. 알른, 당신 말대로 회색교장을 나와서도 공간을 만들 수 있어서 좋은걸. 이거라면 어디서든 훈련을 할 수 있겠어."

[당연하지. 네 마력이 그만큼 방대한 이유도 있지만 말이야. 그런데 너무 무리하는 것 아니냐.]

"곧 이곳을 떠나야 하니까. 그전에 최대한 마무리를 짓고 싶어서."

[조급해하지 마라. 칼네레의 검술은 머리로 안다고 해서 할 수 있는 게 아냐. 게다가 넌 마력을 이번에야 제대로 다루는 것 아니냐. 하루 이틀에 해결될 일이 아니야.]

카릴은 그의 말에 가볍게 웃었다.

"그건 그렇고 당신이 만드는 공간. 마치 파렐 같아. 그 안에서 있었던 시간은 한 달은 족히 된 것 같은데."

모두 사라지고 난 뒤, 카릴은 천천히 손을 쥐었다 피면서 낮은 목소리로 말했다.

[나도 좀 놀랍다. 어쩌면 비슷할지도 모르지. 그 안에서 나온 괴물들마저도 타락(墮落)이었으니까.]

"시간과 환영을 다룰 수 있는 공간과 닮은 파렐……. 어쩌면 너희가 쓰는 마력이 신의 힘과 관련이 있는 건가."

알른은 가볍게 어깨를 으쓱했다.

[글쎄. 전에 얘기했다시피 용마력은 정령력에 기대어 있으니까. 일단은 고대마법이라고 해두지. 나 역시 내가 태어나기 전 신이 행한 일에 대해서는 알지 못하니 말이야.]

그는 책상에 쌓여 있는 영주관에서 받은 마법서들을 가리키며 말했다.

[그러나 적어도 저런 하급의 공식 따위와는 비교할 수 없을 진리겠지.]

그의 말에 카릴은 쓴웃음을 지었다.

[그래서 어때? 몸은?]

"괜찮아."

카릴은 알른 자비우스가 만든 공간을 떠올렸다.

어둠 속에서 끝없이 리스폰 되는 타락들. 모두가 환영이라는 것을 알면서도 고통은 그대로 느껴졌었다.

궤도를 알 수 없는 괴물들의 공격을 막으면서 알른 자비우스는 카릴에게 검술을 가르쳤다.

[솔직히 네가 그 정도로 싸울 수 있다고는 생각하지 못했다. 얼음 발톱의 주인은 내가 아니었으니까. 그저 기억을 토대로 네게 그 녀석의 영상을 보여줬을 뿐인데 말이야.]

"지금의 몸으론 쉬운 일은 아니었어. 생각보다 어려운 검술이었으니까."

7인의 원로회 중 한 명.

마법과 성법, 정령술을 비롯해서 저주술까지 온갖 마법에 능통한 자들이 모인 원로회 중에서 특이하게 검을 쓰는 자가 있었다.

어쩌면 지금의 소드 마스터(Sword Master)의 기준을 처음 정립한 사람이 그일지도 모른다.

마도검술(魔道劍術)의 창시자, 칼네레.

[그래서 몇 식까지 익혔지?]

49개의 검식 속에 변수를 제외하고 총 7식으로 간추렸으나 무색기검은 카릴의 말대로 쉽사리 익힐 수 있는 것이 아니었다.

그중에서도 가장 기본이 되는 1식을 습득하는 것은 가장 까다로웠다. 무구 안에 단순히 마력을 집어넣는 일반적인 방법과 달리 1식은 체내에 마력을 갈무리하여 정제된 마력만을 무구에 응축시킬 수 있게 한다.

[경지에 도달하게 되면 소드 마스터가 쓰는 마나 블레이드의 몇 배의 위력을 낼 수 있게 될 것이다.]

알른 자비우스는 확신했다.

실제로 칼네레 역시 그 경지에 도달했으니까.

[앞으로 몇 번은 더 해야겠지. 네 마력이 충분해서 환영 공간을 만드는 건 가능하지만 매번 만들 수 있는 것은 아냐. 마력뿐만 아니라 너의 정신력까지 소모하는 것이니까.]

"그렇군."

카릴은 어쩐지 피곤한 느낌을 지울 수 없다는 것이 그 때문이라는 것을 깨달았다.

"솔직히 여러 번은 못 할 짓이야. 서둘렀던 이유도 공간에 들어가면 현실의 육체가 무방비상태가 되기 때문이라서 말이야. 기습이라도 당하면 반응할 수 없을 거야."

[강해지기 위해서는 감수해야 할 일이지. 해야 할 일이 있다고 했지? 무슨 일인지는 몰라도 몸을 아껴라.]

"아니. 이제 충분해."

[……뭐?]

"검식을 익히기 위한 것이라면 더 이상 할 필요 없다는 말이야. 물론 마법을 익히기 위해서는 쓸모가 있겠지만 혈맥을 뚫기 전까진 의미 없을 듯싶고."

알른 자비우스는 무슨 말인지 이해가 가지 않는다는 표정으로 카릴을 바라봤다.

"오늘로써 무색기검의 7식(式) 모두 익혔다."

[……무, 무슨.]

"몸이 완벽하지 않아 검술을 쓰는 데 제약은 있지만 당신의 기억 속의 검술은 오늘 훈련을 통해서 어느 정도 익숙해졌어. 나머지는 환영 속이 아니라 실전에서 써봐야지."

아무렇지 않게 말하는 카릴의 말에 알른 자비우스는 경악했다.

[칼네레의 검술을 고작 며칠 만에 모두 익혔단 말이냐? 그

녀석이 150년을 걸쳐 창안한 걸?]

"며칠은 아니지. 그 뒤로도 회색교장에서도 몇 번 더 환영 속에 들어갔었으니까. 오늘까지 따지면 두세 달은 될걸."

그렇다 해도 믿을 수 없는 일이었다.

무색기검을 창시한 칼네레가 어떤 인물이던가. 마력에서는 원로회 7명 중에서 뒤떨어질지 모르지만 검술만큼은 대륙 그 누구에 견주어도 지지 않을 정도였다.

그런 그가 만든 검술은 결코 평범하지 않았다. 그가 후계자를 구하기 위해 수많은 나라를 돌아다녔으나 그의 검술을 익힐 만한 자질을 가진 자를 찾지 못했을 정도니 말이다.

"그리고 몇 가지 고쳐야 할 것 같더군."

[……뭐?]

"검술은 훌륭하지만 얼음 발톱의 힘을 제대로 발현하기 위해서 불필요한 검식들이 있어서 빼버렸어."

카릴은 낮게 숨을 토해내며 말했다.

"전에 내가 49개의 검식이 아니라 7개에서 파생되었다고 했던 말 기억해?"

알른 자비우스는 그의 말에 고개를 끄덕였다.

"그런데 아무래도 칼네레란 사람은 뽐내기 좋아하는 사람인가 보군."

담담한 표정으로 카릴은 말했다.

"검식에 겉멋이 껴 있어서 말이야. 검식을 나눌 필요 없는 곳에서 49라는 수를 맞추기 위해 일부러 넣은 것들이 있어."

하지만 너무나도 태연한 그의 모습에 알른 자비우스는 허탈하게 웃고 말았다.

[크…… 크하하하!! 그래, 내가 너를 너무 얕게 봤군. 검성의 반열에 오른 뒤에도 억겁의 시간 동안 검을 휘두른 너를 말이야.]

고작, 150년이다.

칼네레가 검을 휘두른 시간은 카릴에겐 그저 스치는 찰나에 불과할지 몰랐다.

[무색기검을 새로이 창시하는 건가? 칼네레 그 녀석이 보면 저승에서 땅을 치겠군. 클클…… 그래, 검술의 이름은 뭐라고 할 거지?]

알른 자비우스는 재밌다는 듯 물었다.

"딱히……."

하지만 신나 하는 그와는 달리 카릴의 반응은 담담했다.

"이름을 붙일 필요까진 없을 것 같은데."

[어째서?]

검사들은 자신이 창안한 검식에 이름을 붙이는 것을 명예라고 생각했다.

싸구려 무인에서부터 대단한 기사까지. 모두가 자신의 검술이 후세에까지 이어지길 바라기 때문이다.

"고친다 하더라도 그다지 쓰지 않을 것 같아서 말이야. 마력과 검술에 대한 틀만 조금 도움을 받는 정도랄까. 굳이 완벽하지 않은 검술에 이름을 붙이는 것 자체가 부끄러운 일이거든."

부웅―

카릴이 얼음 발톱을 허공에 휘둘렀다.

"무색기검을 부정하는 것은 아니야. 용의 마력이 없다면 사용할 수 없는 검술이니까. 그 위력 역시 대단하지."

용의 마력을 뜻하는 무색(無色)이라는 이름 그대로 검술 안에는 변화무쌍한 마력들이 담겨 있었다.

"덕분에 마력을 검술에 녹이는 방법은 이제 조금은 알 것 같고……."

우우우우웅……!

카릴의 검에 옅은 오러 블레이드가 솟아났다. 예전과 달리 흔들림 없이 오러는 날카로운 검날처럼 예기를 뿜어내고 있었다.

"하지만 검술은 역시 내 것을 쓰겠다."

그는 만족스럽다는 표정을 지었다.

[칼네레가 들으면 뒤로 자빠질 일이겠어.]

알른 자비우스는 그런 그를 바라보며 고개를 저었다. 하지만 그것은 결코 부정적인 의미가 아니었다.

오히려 약간의 떨림. 상상을 초월하는 그의 성장에 소름이 돋는 즐거움을 느끼는 중이었다.

"그래도 배운 걸 한번 써볼까."

그는 고개를 들어 앞을 바라봤다. 계단 아래에서 올라오는 기운 하나. 예전과 달리 고인물 같은 탁한 기운이 선명하게 느꺼졌다.

다름 아닌 톰슨의 것이었다.

"보고는?"

"신변은…… 확실히 보장되는 거죠? 이 일이 알려지게 되면 난 바르고에게 분명 죽을 겁니다."

비가 오듯 땀을 흘리는 얼굴로 톰슨은 연신 주위를 두리번 거렸다.

"그냥 있어도 죽는다. 마력중독은 치사율 100%니까. 맞아 죽든 병으로 죽든 똑같다지만 그래도 나라면 하루라도 더 오래 살 수 있는 방법을 택할 것 같은데."

아무렇지 않게 말하는 카릴의 말에 톰슨의 얼굴이 구겨졌다. 그리고는 체념한 듯 로브 속에 숨겨놓은 서류 하나를 조심스럽게 꺼냈다.

그의 주위를 날아다니던 알른은 마치 냄새를 맡듯 톰슨의 옆에서 킁킁거리더니 말했다.

[마력중독(魔力中毒)? 아직도 그 병이 치유되지 않았나? 하긴, 감기 같은 것이니 완벽한 약은 존재하지 않겠지만……. 다 죽어가는 표정이라니. 호들갑이 심하군.]

카릴은 알른 자비우스의 말에 쓴웃음을 지었다.

'마도 시대에는 어떨지 모르지만 지금은 불치병이다. 마력중독에 걸린 자들은 모두 죽는다고 볼 수 있지.'

[뭐? 그게 사실이냐.]

'치유법이 알려진 건 앞으로 몇 년 뒤. 나르 디 마우그가 회색교장에서 마법서를 찾아서 알려줬지. 파비오에게 잡동사니들을 주긴 했지만 마력중독을 포함해서 각종 치유법이 적힌 고서는 다른 것보다 필요한 물건이겠군.'

알른은 콧방귀를 뀌었다.

[회색교장에서 치유법을 찾았다고? 나 참, 백금룡이 고작 마력중독을 모를 리가 없을 텐데. 게다가 우리에게 마법서를 남기게 한 것도 그자란 말이다.]

"……."

'진실은 레어에 가서 확인할 수 있겠지.'

카릴은 그의 말에 표정이 굳어졌다.

그의 얼굴을 바라보던 톰슨은 느껴지는 살기가 혹여나 자신을 향한 것이라 생각했는지 몸을 움츠렸다.

'제길…… 그때 봤을 때 살얼음판을 걷는 기분이었는데 지금은 더 무서워진 것 같아. 무슨 어린애가 저런 표정을 지을 수 있지?'

카릴은 톰슨의 편지를 아무런 말도 하지 않고 읽었다. 그러고는 천천히 입꼬리를 올렸다.

"이걸 어디서 찾았지?"

"첨에 말씀해 주신 걸 토대로 길드를 뒤져봤지만…… 아무 것도 찾을 수 없었습니다."

카릴은 눈빛을 빛냈다. 그가 톰슨에게 시킨 일은 명료했다.

카릴은 상인 출신의 바르고 시라가 행동부대인 가지 소속의 고블린 술사 베이커와는 달리 우든 클라우드와 접점이 있다면 전달책의 줄기일 가능성이 높다고 생각했다.

그렇기 때문에 가장 먼저 떠오른 방법.

퀘스트(Quest).

길드 내에 들어오는 의뢰를 통해 자연스럽게 우든 클라우드의 명령을 전달한다고 생각했었다.

그러나 톰슨은 이렇다 할 특이점을 찾지 못했다.

"그래서 그 담에 바르고가 거래를 하는 가게들을 수소문해서 뒤졌습니다. 거기서 발견했습니다. 암거래 자체가 손님을 가리지 않는다고는 하지만 뭔가 이상한 점이 있었습니다. 이게…… 도움이 될지……"

자신의 목숨이 달린 일이기 때문일까. 카릴이 시킨 일을 뛰어넘어 그는 증거를 찾아내고야 말았다. 그가 건넨 서류를 품 안에 넣고는 카릴은 만족스러운 표정을 지었다.

"제법이야. 확실히 수재(秀才)들이 걸리는 병에 걸릴 만해."

"……"

"걱정 마라. 너의 신변은 내가 보장하마. 절대로 바르고가 널 해코지를 하지 못할 거다."

"저…… 정말입니까?"

"물론."

카릴은 날카롭게 웃었다.

'녀석은 살아 있지 않을 테니까.'

우든 클라우드(Wooden Cloud).

통상적으로 루레인 공국의 비밀 조직이라고 알려져 있는 이 단체가 신탁이 내려진 후에도 베일에 싸인 채 제대로 밝혀지지 않을 수 있었던 가장 큰 이유는 우두머리의 부재였다.

조직이란 그 산하를 관리하는 리더가 있게 마련이지만 조직원들은 서로를 알지 못한 채 그저 뿌리와 줄기, 그리고 가지로 구성되어 있을 뿐이었다.

대부분 조직을 통솔하는 뿌리에 리더가 있지 않겠냐고 생각했다. 그리고 제국은 그 뿌리를 찾기 위해 수단과 방법을 아끼지 않았다.

결과는, 실패였다.

'우두머리가 없이 우든 클라우드가 존재할 수 있었던 이유는 공국의 통치자인 루레인 가문의 특성 때문이었다.'

카릴은 톰슨의 쪽지를 받고 난 뒤 거리를 걸으며 생각했다.

'수백 년간 공국을 이끌었던 루레인 가문의 초대 가주인 랄

프 루레인은 그 당시 교황인 바이르 3세의 사생아. 그렇기 때문에 지금도 공국은 교단의 비호를 받고 있다.'

대신에 루레인 가문은 세대가 교체될 때마다 차남을 교단에 보내는 전통이 있었다. 어쩌면 바이르 3세의 치부를 감추기 위한 교단과 공국 간의 긴밀한 계약일지도 모른다.

그 이후, 수많은 세월이 흘렀고 핏줄들 역시 늘어났다.

'그리고 그만큼 많은 루레인가의 자식이 교단에 자리를 잡게 되었고.'

우든 클라우드는 단순히 공국 안에서만 존재한 것이 아닌 대륙에 퍼져 있는 교단에 있는 자식들이 함께 운용하고 있었다.

즉, 조직의 통솔을 맡고 있는 뿌리의 수가 가늠할 수 없을 정도로 많다는 것.

'문제는 우든 클라우드가 아니다.'

대륙에는 원래 빛의 신 율라(Yula)를 섬기는 교단이 존재했다. 신탁의 계시를 받은 것 역시 그들이었고.

하지만 공국이 멸망하고 난 뒤에도 사라지지 않은 우든 클라우드는 새로운 교단의 형태로 대륙에 나타났다.

교단의 이름은 블루 로어(Blue Roar).

그들은 파렐에서 튀어나온 괴물들이었다. 타락(駝酪)을 세크무트(Xeck-Mut : 모신(母神)의 손길)라 불렀다.

'괴물들에 의한 죽음이야말로 진정한 은총이라 여기는 광신도들.'

미친 소리였다. 억겁의 시간을 되짚으면서 생각하고 또 생각해도 그건 말도 안 되는 소리였다.

그럼에도 불구하고, 불에 기름을 붓는 것처럼 블루 로어의 열기는 대륙을 집어삼켰었고 신탁을 받았던 율라(Yula)의 교단까지 위협했다.

어쩌면 수백 년간 교단의 영향을 받은 그들이었기 때문에 가능한 일인지도 모른다.

'우든 클라우드의 배후에 대한 정보는 기껏해야 교단의 교주인 '라엘'이라는 것 정도뿐.'

하지만 그 이름조차 가명이었다. 언제나 가면을 쓰고 있기 때문에 진짜 모습을 본 사람은 아무도 없었다.

확실한 것은.

'녀석을 잡아야 한다.'

쫘악-

카릴은 톰슨이 가져온 이 정보가 전생에서는 구름을 움켜쥐는 것처럼 찾을 수 없었던 배후를 알리는 시작이 되길 바랐다.

"크하하!! 너희도 들었지? 카릴이 회색교장을 공략하고 영주에게 인정을 받은 걸? 이제 우리 길드도 당당히 이름을 걸 수 있겠어."

"그럼요. 이미 도시 내에 소문이 쫙 깔렸습니다. 건방진 4대 길드들도 찍소리 못하고 있는 걸요."

어두운 가게 안. 바르고 시라는 즐거운 듯 콧노래를 불렀다. 그는 자신의 컬렉션들을 닦으며 말했다.

"꼬맹이 녀석, 대단한 줄은 알았지만 거기서 살아 돌아올 줄이야. 진짜 괴물이군."

탁자 위에 놓인 상자 안에 든 서약서를 바라보며 그는 히죽히죽 웃었다.

"지금부터 넌 제국에 있는 길드 협회로 가서 울카스의 이름을 올려라. A급 의뢰 중 몇 개를 추슬러서 받아와."

"네? 협회요?"

바르고의 말에 부하는 놀란 표정을 지었다.

"좁은 아조르에만 박혀 있을 수 없지. 이참에 제대로 해야지. 4대 길드 녀석들도 못 한 일을 우리가 해서 제국에 이름을 올려야지. 안 그래?"

얼마 전까지만 하더라도 아조르 내에서 명함도 내밀지 못한 그였다. 하지만 카릴의 일을 듣자마자 그는 이미 1위라도 달성을 한 것처럼 꿈에 부풀어 있었다.

'녀석이 아무리 괴물이라도 저게 있는 한 녀석은 내 말을 들을 수밖에 없지.'

그때였다.

철컥-

단단히 잠겨 있을 문이 열렸다.

"……!!"

화들짝 놀라며 바르고의 부하는 황급히 자신의 옆에 있던 검을 움켜잡았다.

"놀랄 필요 없다."

하지만 문 앞에 서 있는 소년을 바라보며 바르고는 오히려 괴상한 웃음을 지었다.

"어이쿠, 이게 누구야. 우리 길드의 기수 아닌가. 어쩐 일로 여기까지. 회색교장에 다녀와서 피곤할 텐데. 쉬고 있으면 어련히 찾아갈 텐데 말이야."

"의뢰가 하나 들어와서."

안으려고 두 팔을 뻗은 바르고의 팔을 가볍게 치우면서 카릴은 말했다.

"음?"

생각지 못한 말에 바르고가 부하를 바라봤다. 그러나 그 역시 고개를 저었다.

"하하하, 뭐. 단숨에 인기가 높아지니 여기저기에서 찾을 수 있지. 하지만 말이야. 이제 자네는 평범한 위치가 아니잖나. 귀한 몸을 쉽게 쓰면 안 되지. 의뢰는 길드에서 전해주는 것만 하게."

배려를 하는 것처럼 들리지만 결국은 자신이 정해준 일만 하라는 의도였다. 서약서에 명시된 것처럼 카릴은 분기마다 길드의 의뢰 중 3가지를 행해야 했으니까.

그리고 그 절대적인 명령은 오직 자신에게 있다고 바르고는
생각했다.

"그래, 무슨 의뢰인데 여기까지 찾아왔지?"

"여기서 빼돌린 마법서 대부분이 교단으로 넘어갔다는 얘기
가 있던데."

순간, 두 사람의 얼굴이 굳어졌다.

"무슨 소린지 모르겠군. 어떤 새끼야? 그딴 소리를 지껄이는
놈이. 도대체 무슨 의뢰를 받아서 이러는지 모르겠지만 율라
교단과의 모든 거래는 제국과 공국의 입회하에 허가된 곳만
가능하단 말이다."

"애초에 불법이잖아. 너희가 하는 일. 안 그래?"

"이봐……!!"

부하는 말이 통하지 않는다는 표정으로 카릴을 노려보며
말했다. 하지만 바르고는 뒤로 물러나라는 듯 손을 저었다.

"카릴, 이거 왜 이래. 우리도 상대를 봐가면서 한단 말이다.
제국과 공국을 척으로 돌리는 게 말이 돼?"

"되지. 그 상대가 공국가의 자식이라면."

"……."

툭-

"일부지만 지금까지 너희가 교단과 거래를 한 내역이다. 표면
상으로는 문제가 되지 않지만 특정한 가문과 거래를 했더군."

카릴은 톰슨이 건네줬던 쪽지를 바르고 앞에 던졌다.

"신성 교단에 불법 마법서를 판매하는 것도 문제지만 그 정도는 넘어갈 수 있는 수준이야. 교단의 단원들 중엔 제국인도 있으니까. 문제는 교단 내에 루레인 가문과 관계된 인물들만 있다는 거지."

"무슨 말을 하는지 모르겠군. 야, 이딴 쓰레기 당장 치워 버려."

"넵."

부하는 쪽지를 줍고서 기분 나쁘다는 투로 카릴을 노려보며 그의 어깨를 툭 치고 지나갔다.

서걱-

그 순간, 차가운 냉기가 방 안을 채우는 기분이 들었다.

"……!!"

벽면 한쪽이 새하얗게 얼어 있었고 조금 전 도망을 치려던 부하의 몸이 시간이 멈춘 듯 굳어 있었다.

파스슥-!!

카릴이 얼음 발톱의 검날로 가볍게 남자의 몸을 긋자 산산조각이 나며 부서졌다.

언제 검을 뽑았는지도 알 수 없다. 그저 남은 것은 잘린 채로 얼어붙은 부하의 머리가 바닥에 구르는 것뿐.

"이…… 이게……."

바늘로 찌르는 듯한 찌릿찌릿한 냉기 속에 바르고는 넋을 잃고 말았다.

쿵-

잘린 부하의 머리가 굴러떨어져 바르고의 발아래에 부딪혔다.

"대장 옆에 있으니 지가 대장인 줄 알지. 안 그래? 가지는 가지답게 굴어야 하는데 말이야."

"……!!"

"시간 없으니 묻는 말에 답해."

"너…… 이 미친 새끼!! 언령 서약서에 서약한 걸 잊었어!!"

"알아. 그래서 지금 이행하고 있는 거잖아."

"뭐?"

카릴은 낮게 웃었다.

"나는 바르고 시라의 의뢰가 아니라 울카스 길드의 의뢰를 하겠다고 계약했지. 그리고 지금 내가 하는 게 울카스 길드에서 수락한 의뢰다."

"어떤 미친 새끼가 그딴 짓을 해!! 내가 길드 마스터인데!!"

"아니지. 길드 의뢰를 통과시킬 수 있는 사람은 너 말고 또 한 명 있지."

"서…… 설마."

"부길드 마스터."

"톰슨……?"

바르고는 할 말을 잃은 듯 입을 뻐끔거렸다.

그의 존재에 대해서 잊고 있었다. 마력중독에 걸린 뒤로 바르고는 톰슨을 더 이상 쓸모없는 자라 여겼기 때문이다.

"불법 거래에 대한 처단. 뭐…… 과거 제국 소속의 마법사가 공국과 길드 간의 관계를 알게 되어 생긴 오래된 충심 정도로 해두지."

그저 핑계에 불과한 말이었다. 카릴 역시 그걸 잘 알기에 어깨를 으쓱하며 묘한 웃음을 지었다.

사실, 묻고 싶은 건 다른 거니까.

이건 서약서의 규정을 파쇄하기 위한 것뿐.

"이…… 개새……!! 다 죽어가던 병신 놈이 무슨 미친 짓을 한 거야!!"

바르고는 황급히 주위를 훑었다. 어느새 빠져나갈 수 있는 구멍이란 구멍은 모두 얼어붙어 있었다.

"지금부터 묻겠다. 네가 거래한 교단의 멤버가 우든 클라우드라는 걸 알고 있다. 지금부터 네가 알고 있는 걸 모두 말해. 단원의 명단에서부터 루레인 가문의 7형제 중에 그곳과 연결되어 있는 놈이 누구인지까지."

"내…… 내가 그런 걸 어떻게 알아!! 너도 우든 클라우드에 대해서 안다면 알잖아! 가지 따위는 아무것도 모른다고!!"

"아닐 텐데? 베이커는 네가 전달책인 줄기 소속이라던데."

"……뭐?"

바르고의 동공이 흔들렸다.

'넘어왔군.'

카릴은 그 찰나의 변화를 놓치지 않았다. 사실 베이커는 그런 말을 하지 않았다. 바르고가 줄기일 것이라는 건 그저 그의 추측에 불과했다.

그러나 아껴뒀던 카드.

진짜 우든 클라우드 멤버인 베이커라는 이름을 꺼냈을 때 바르고의 반응은 카릴에게 확신을 주었다.

"눈알 돌아가는 소리가 여기까지 들리는군. 이봐, 이미 베이커가 모두 불었어. 녀석은 너뿐만 아니라 레디오스와 더글라스까지 알려줬는데?"

빠득-

쐐기를 박는 카릴의 말에 바르고는 이를 갈며 말했다.

"그, 그래서? 대륙에 그 이름을 가진 자들이 얼마나 될까? 네가 찾을 수 있을 것 같아?"

"찾았잖아, 너도."

"그리고 이제 나머지 둘 중 누구라도 한 명은 알게 되겠지. 네가 말해줄 거니까. 안 그래?"

"미친……."

카릴은 그의 몸이 움찔거린다는 걸 알았다.

"컥!!"

그 순간, 바르고의 입안으로 카릴의 손이 쑤시고 들어왔다.

"커컥……!"

카릴이 그의 혓바닥을 잡아당기자 바르고는 고통에 찬 얼굴로 비명도 제대로 지르지 못하고 무릎을 꿇으며 바닥에 기다시피 쓰러졌다.

"자살 같은 허튼 생각 하지 마. 차라리 내가 혓바닥을 잘라 주지. 단번에 얼어붙어서 출혈도 없을 거야. 어차피 팔만 달려 있으면 정보를 알아내는 건 문제가 되지 않으니까."

"읍……! 으으읍……!! 읍!!"

카릴의 손에 힘이 들어가자 바르고는 미친 듯이 날뛰었다.

"오른손잡이? 아니면 왼손? 나머지는 다 잘라 버려도 괜찮겠 지. 안 그래?"

순간 그는 카릴의 눈빛을 봤다.

진심이었다.

"꼭 이런 녀석들은 두 번 말하게 하지."

절대로 꼬마가 가질 수 있는 눈빛이 아니었다. 바르고는 카 릴이 정말로 자신의 혓바닥을 잡아 뽑을 수 있다고 직감했다.

그리고 나머지 팔과 다리까지.

부르르…….

바르고의 바지가 축축하게 젖었다. 카릴은 그런 그의 모습 을 바라보며 담담한 목소리로 말했다.

"자, 이제 대답할 마음이 생긴 거 같은데."

물어볼 필요도 없었다.

"우읍!! 읍!!"

고개를 끄덕일 때마다 느껴지는 통증 따위야 아무것도 아 니라는 듯 바르고는 혓바닥이 뽑힐 기세로 머리를 흔들고 있 었으니까.

"앞으로 자네가 울카스 길드의 길드 마스터다."

"……네?"

톰슨은 받아든 길드의 권리 증서를 바라보며 어리둥절한 표정을 지었다.

"바르고 시라는 사라졌으니까. 부길드 마스터인 당신이 맡는 게 옳겠지. 문제는 언령 서약서인데……."

카릴은 책상에 올려놓은 두루마리를 가리켰다.

"원래는 녀석에 대한 정보를 얻기 위한 것이었고 그 뒤엔 길드 자체를 없애 버리기 위해서 상관이 없을 거라고 생각했지. 그런데 울카스를 남겨놓는 게 더 좋을 것 같다는 생각이 들어서 말이야."

톰슨은 재빨리 카릴의 의도를 파악했다.

비록 마력중독에 걸려 평가 절하되고 있었지만 그는 5클래스의 반열에 오른 마법사였다.

결코 아둔하지 않았다.

"이걸 해결하는 건 간단합니다. 카릴 님께서 서약하신 것은 단지 울카스 길드에 대한 것일 뿐입니다. 그렇다면 카릴 님께서 길드 마스터가 되시는 것은 어떠신지요. 그러면 아무런 문제가 없을 것 같습니다."

카릴은 그의 말에 가볍게 웃었다. 그의 생각은 틀리지 않았다.

만약, 톰슨이 길드의 권리 증서를 옳다구나 하고 냉큼 받았다면 오히려 차라리 자신이 길드 마스터를 했을지도 모른다.

"아니. 내가 이곳과 연관이 있다는 것이 밝혀지는 것은 곤란해. 하지만 이곳이 나의 또 다른 거점이 되어야 하기에 믿을 수 있는 자에게 맡겨야겠지."

하지만 물욕 없는 그의 모습에 카릴은 당초 계획했던 것을 말했다.

"당신이라면 서약서를 남겨놓아도 문제 되지 않을 것 같아서 말이야."

카릴의 말에 톰슨은 감개무량하다는 표정을 지었다.

"뭐라고 드릴 말씀이……. 목숨까지 살려주셨는데……. 앞으로 평생 카릴 님을 모시도록 하겠습니다."

그는 고개를 숙이고 울컥하는 표정으로 대답했다.

[마력중독 하나 고쳐준 것 가지고 엄청 생색을 내는군. 그리고 언령 서약서 따위 파훼하는 방법이야 많잖아.]

카릴의 뒤에서 팔짱을 낀 채 있던 알른 자비우스는 보다 못하겠다는 듯 말했다.

[게다가 이미 그 서약서는 효능을 잃었잖아.]

카릴은 낮게 웃었다. 그의 말대로였다.

사실, 바르고 시라의 자백을 받아낸 뒤 그를 죽이기 전에 서약서의 해지까지 완벽하게 끝내놓은 상태였다.

그럼에도 불구하고 서약서를 톰슨에게 보여준 이유는 다른 데 있었다.

이제 곧 카릴은 아조르를 떠나야 한다. 하지만 앞으로 몇 년 동안 이곳에서 일어날 많은 일을 놓칠 순 없었다.

그렇기 때문에 카릴은 톰슨을 자신의 수족으로 삼고자 했다. 마력중독을 고쳐주었지만 그것만으로는 부족했다.

'지금은 마력중독의 치료가 아직 완벽하게 낫지 않은 상태라 나의 말을 따르겠지만 앞으로도 그런다는 보장은 없다.'

신임(信任). 카릴은 톰슨의 마음이 필요했다.

그리고 울카스 길드를 남기고 톰슨을 길드 마스터로 세우기 위해 스스로 서약서라는 약점을 가지고 가는 그의 모습은 예상대로 톰슨을 움직였다.

'알른 자비우스가 그의 자질을 봤을 때 6클래스까지 올라갈 수 있다고 했다. 그 정도면 제자를 가르치기엔 충분하다.'

물론, 카릴은 더 뛰어난 마법사들을 알고 있다.

전생에서 신탁을 수행하기 위해 그와 함께했던 10인 기사 중엔 전투마법사인 세리카 로렌과 함께 카이에 에시르의 재림이라 불렸던 이스라필까지.

그들이 가르친다면 톰슨과는 비교도 안 될 만큼 강한 마법 부대가 탄생할 수도 있을 것이다. 그러나 상상 속의 다이아몬드보다 내 손에 쥐어진 구리가 때로는 더 요긴한 법.

'그들이 어디에 있는지는 안다. 하지만 지금 먼저 해야 할 일

들이 있다. 이것들을 모두 끝내고 그 녀석들을 만나게 된다면 족히 수개월은 걸릴 터.'

그사이에 이미 대륙 전장의 불씨는 지펴지기 시작할 터.

카릴은 대륙의 권좌에 오르겠다고 다짐을 한순간 생각했었다. 신탁이 내려지기 전 대륙의 패권을 둔 인간들의 전쟁 속에서 자신은 결국 친우였던 올리번과 맞붙게 될 것이다.

하지만, 타투르를 시작으로 거점을 세력을 키워가고 있다 한들 제국의 병력의 절대적 수를 뛰어넘을 순 없을 것이다.

'군사는 필요하지만 내가 제국에게 이길 수 있는 방법은 군사의 수가 아니다.'

숫자를 뛰어넘을 수 있는 방법.

분명, 전쟁에서 중요한 것은 군사의 수이지만 가장 많은 변수를 만들 수 있는 것이 바로 마법이었다.

'톰슨을 통해서 아조르의 마법사들의 기초를 다져놓는다. 그 이후 언젠가 세리카와 이스라필을 동료로 맞이했을 때 제국보다 더 강력한 마법 부대를 만들 수 있다.'

카릴의 눈빛이 빛났다. 그는 작은 두루마리 두 개를 톰슨에게 건넸다.

"하나는 마력중독의 치료법과 함께 이후 관리법까지 적어놓은 것이다. 앞으로 넌 그와 같은 병에 걸린 자들을 은밀하게 찾아 치료해 주고 길드원으로 받아들여라."

"알겠습니다."

"그리고 나머지 하나는 앞으로 아조르에서 해야 할 일들이다. 너는 이걸 토대로 길드를 성장시키도록 해라."

마법 도시인 아조르는 타투르와 함께 대륙에서 제국과 공국 등 왕의 통치를 받지 않는 몇 안 되는 도시 중의 하나였다.

하지만 그렇기 때문에 그만큼 많은 견제를 받았고 왕국들 사이에서 많은 일이 있었다.

'제국은 아조르를 삼키려 하고 공국과 삼국은 그것을 빌미로 아조르의 보호라는 명목하에 마법사들을 요구했지.'

여명회와 불멸회라는 강력한 마법사들의 지지가 있긴 하지만 마법사의 수는 결국 왕국들의 수를 이길 수 없었다.

결국 아조르는 대륙의 전쟁에 끼어 희생될 수밖에 없는 위치에 있었다.

'지금이야 제국이 황자들 간의 황권 다툼 때문에 대외적으로는 군사를 일으키지 않고 있지만 올리번의 즉위 이후 빠르게 공국과 삼국을 정리하는 과정에서 많은 수의 마법사가 죽게 된다.'

전생에 죽었던 자들은 결국 올리번의 힘이 아니었던 자들. 그들을 살림으로써 자신의 힘으로 만드는 것이 카릴의 계획이었다.

"명을 받들겠습니다."

"거기에 적혀져 있는 내용들은 완벽한 예언 같은 것이 아니다. 결정을 내리는 것은 스스로에게 묻도록 해."

톰슨은 카릴의 말에 천천히 고개를 끄덕였다.

"넵, 마스터."

그의 대답에 카릴은 만족스럽다는 듯이 웃었다.

"마지막으로 하나 부탁할 것이 있다."

"무엇입니까? 하명하십시오."

"현재 제국이 이단섬멸령을 내린 것을 알고 있겠지."

"물론입니다. 한동안 대륙에 소문이 파다했으니까요. 지금 도 소드 마스터인 크웰의 청기사단이 북부에 있지 않습니까?"

"그래, 맞아."

아조르의 마법사들과 함께 전생에 죽었던 또 다른 자들. 카 릴은 결심을 한 듯 말했다.

"쓸 만한 자들 몇을 추슬러서 북부로 보내."

"네? 이민족이 있는 곳을 말입니까? 그들은 제국과 공국할 것 없이 대륙인들을 보기만 하면 아무 이유 없이 죽인다던데요. 게 다가 마력을 얻으려고 인육까지 먹는다고 하지 않습니까."

톰슨의 말에 카릴은 쓴웃음을 지었다.

"그건 헛소문이야. 뭐, 제국인에게 호전적인 건 맞지만 사람 을 먹진 않는다. 게다가 내가 설마 밑도 끝도 없이 살인을 하 는 자들에게 보낼 것 같나?"

"그건 그렇지만……."

"길드에 북부 지도는 있겠지? 이단섬멸령으로 인한 크웰의 부대는 아마 동북부에 주둔해서 지금쯤이면 이빨 부족이 있 는 고원에 있을 거다."

카릴의 말에 톰슨은 깜짝 놀랐다.

'어떻게 전황을 보지도 않고 알고 있는 거지? 마력중독의 해독법도 그렇고…… 도무지 깊이를 가늠할 수가 없군.'

"내가 원하는 건 반대편인 북서쪽에 있는 늑여우 부족이다. 그렇기 때문에 제국의 눈에 들킬 확률은 낮다."

"그렇군요……"

"게다가 부족에 도착해도 함부로 대하진 않을 거야. 그들은 다른 부족과 다르게 제국과의 싸움을 피하고 있거든."

톰슨은 자신조차 평생 가보지 못한 북부에 대해서 훤하게 알고 있는 눈앞의 꼬마를 신기한 듯 바라봤다.

"저희가 해야 할 일은 무엇입니까?"

"늑여우 부족의 부족장에게 말을 전해라. 그거면 된다."

"전언(傳言)은 무엇인지……?"

카릴은 낮은 목소리로 말했다.

"눈보라를 피하기 위해선 우레 아래 서라. 지금이 바로 행해야 할 때이다."

"……?"

톰슨은 무슨 말인지 이해가 가지 않는다는 듯 고개를 갸웃거렸다.

"그 말만 전하면 된다."

그의 의문만큼 카릴은 묘한 웃음을 지었다.

'북부의 모든 사람을 살릴 순 없다. 나에겐 아직 그 정도의 힘이

없으니까. 하지만 이단섬멸령으로 허무하게 그들을 죽일 순 없다.'

그 웃음 뒤로, 날카로운 눈빛이 빛났다.

'하지만 늑여우, 당신이라면 내 말을 이해할 수 있겠지.'

카릴은 누군가를 떠올렸다. 붉은 머리카락은 마치 여우의 것과 닮았고 날카로운 눈매 속에 영악한 한 남자.

'그렇게 된다면 적어도 전생보다 배는 넘는 이민족들이 살아남게 되겠지.'

그리고 그들은 모두 자신의 힘이 될 것이다.

탈칵-

문이 열렸다.

"준비가 모두 끝났습니다."

커다란 짐을 등에 멘 미하일이 카릴을 향해 인사를 하며 말했다.

카릴은 천천히 고개를 끄덕였다. 그러고는 문을 나서기 전 마지막으로 그는 톰슨에게 당부했다.

"만일 무슨 일이 생기면 타투르에 관리자들을 찾아라. 그들에게 내 이름을 대면 도움을 줄 거다."

'타투르? 마스터께서는 그 자유도시의 관리자들까지 알고 계신다는 말인가? 도대체…… 어디까지 연이 닿아 있는 거지.'

톰슨은 할 말을 잃은 듯 그를 바라봤다.

하지만 한편으론 거침없는 그의 모습에 잊고 있었던 두근거림이 느껴지는 것 같기도 했다.

"받들겠습니다."

"이제 저희는 어디로 가나요?"

말을 모는 카릴의 옆에 선 에이단이 물었다.

동쪽을 향하는 숲길의 끝에 무엇이 있는지 정도는 알고 있다.

지금까지의 카릴의 행보를 봤을 때 에이단의 머릿속엔 그가 눈독을 들일 만한 장소들을 유추해 봤었다.

'아조르의 마법사들도 공략하지 못한 회색교장을 단신으로 끝낸 사람이다. 프레스의 미궁, 라크라 폐광, 물에 잠긴 파나마까지…… 모험가들이라면 하나만 공략해도 엄청난 부를 얻을 수 있는 곳들이 아직 남아 있다. 아마도 그곳 중 하나겠지.'

대륙에는 아직 공략되지 못한 많은 던전이 존재했고 에이단은 카릴이라면 그곳들을 놓치지 않을 것이라 생각했다.

물론, 그가 단순한 모험가라면 말이다.

'제길, 그게 아니니 도무지 감이 오지 않는다는 거지.'

"타투르에서 출발하고부터 얼마나 흘렀지?"

카릴의 물음에 에이단은 살짝 고개를 꺾으며 말했다.

"으음, 대충 반년이 조금 넘을 것 같네요. 교도 용병단을 먼저 들르고 이곳에 왔으니까요."

"그래. 벌써 반년이야. 넌 어떻게 생각하지? 지금까지 내가 한 것들에 대해서 말이야."

생각지 못한 질문이었다.

"솔직히 놀라울 따름입니다. 개인이 교도 용병단과 계약을 하는 것 자체도 대단하지만 일단 용병단의 위치는 제국도 모를 일일 테니까요. 게다가 마법 경연 우승과 회색교장 공략까지……."

에이단은 나열을 해놓고 보니 하나같이 다 말도 안 되는 일들이라는 걸 새삼 느꼈다.

"그게 다야?"

"네?"

"나에 대한 생각은? 조금은 달라졌나?"

"그거야……."

카릴의 물음에 에이단은 얼굴을 붉혔다.

"뭐, 아직은 중요한 일은 아니지. 앞으로도 잘 부탁한다. 네게는 기대하고 있으니까 말이야."

입에 발린 소리라는 걸 알고 있다.

하지만 에이단은 가끔 카릴이 자신에게 이런 말을 할 때 두근거림을 느낀다는 걸 부정할 수 없었다.

'정신 차려. 나는 이미 섬기는 분이 있잖아.'

제2황자인 올리번 역시 훌륭한 성군의 자질을 가진 사람이었으나 카릴은 달랐다.

패도적인 듯싶으면서도 이따금 이렇게 사람의 마음을 찌르고 들어올 때가 있었으니 말이다.

"건국(建國)에 있어서 가장 중요한 3요소가 무엇인지 아나?"

"으음, 나라를 유지할 수 있는 자금과 백성이 살 수 있는 땅과 그것을 지킬 수 있는 힘 있는 군대입니다."

"잘 아는걸? 그런 쪽에 관심이 있나 보군."

은근슬쩍 말하는 카릴의 모습에 에이단은 손사래를 치며 말했다.

"아, 아닙니다. 제 주제에 무슨……. 제국론에 명시되어 있는 말이니까요. 유명하지 않습니까."

이미 자신의 신분이 제국과 연결되어 있다는 것을 어느 정도 카릴이 눈치채고 있다는 걸 에이단도 안 걸까.

더 이상 무리하게 감추려고는 하지 않았다.

"백성도 왕권도 결국은 그것이 존재할 땅과 그것을 지킬 힘과 그것을 유지할 돈이 필요하지."

카릴의 첫 번째 계획. 정보를 통한 '보이지 않는 제국의 건립'은 수안을 통해 진행되고 있었다.

하지만 그것만으로는 부족했다. 대륙 전쟁에서 승리하기 위해서는 실질적인 힘이 필요했다.

"너라면 대륙의 지형을 알고 있겠지. 그럼 내 말이 답이 되었으리라 생각한다. 우리가 다음에 갈 곳이 어딘지 말이야."

다그닥-

그 말을 끝으로 카릴은 말의 박차를 가했다. 미하일은 아무런 말도 없이 그저 묵묵하게 그의 뒤를 따랐다.

'건국……?'

그때였다.

"……!!"

어째서 그 생각을 하지 못했을까.

기껏해야 던전 따위나 예상했던 자신의 우둔함을 탓하고 말 았다.

'지금까지의 행보를 보면 타투르의 자금력과 교도 용병단의 군사력 그렇다면 남은 건…….'

거점을 세울 수 있는 땅. 그리고 동쪽 끝에는 대륙에서 유일 하게 제국과 공국이 신경 쓰지 않는 땅이 있었다.

'하지만 그 땅은……. 제국이 버렸다는 건 다 이유가 있는 법. 그런데 정말이야? 아니, 진짜냐고?! 지금 같은 시국에 이런 미친 짓을!?'

하지만 저 사람이라면…….

에이단은 자신도 모르게 말의 고삐를 움켜쥐었다. 마치 조 금 전 카릴이 자신에게 했던 말을 들은 것 같은 알 수 없는 두 근거림이 느껴졌기 때문이다.

"하…… 하하."

얼토당토않은 일이지만 이상하게 아직은 더 보고 싶었다. 아니, 궁금했다.

그 순간, 그는 잊고 있었던 것을 깨달았다.

카릴이 자리를 비우길 호시탐탐 노리고 있던 자신이 제국에 소식을 전하지 않고 있었다는 것을.

"후우……."

톰슨은 마치 폭풍처럼 지나간 카릴의 빈자리를 느끼며 단장실의 의자에 앉아 잠시 창밖을 바라봤다.

모든 게 꿈같았다.

예정된 죽음만을 기다리며 삶의 희망조차 잃었던 그가 지금은 길드 마스터의 자리에 앉아 있으니 말이다.

"그래, 뭐가 쓰여 있는지 한번 보기나 할까."

바스락-

단단하게 묶인 양피지의 끈을 푸는 소리가 어쩐지 기분 좋게 들렸다.

신성(新星) 울카스 길드.

몇 년 뒤 아조르에서, 아니, 대륙에서 그 이름을 모르는 사람이 없을 정도로 가장 영향력이 있는 거대 길드의 탄생이 바로 그가 펼친 종이에서 시작된다는 걸 지금의 그는 아마 모를 것이다.

▶Chapter 4◀

"카디홈에서 온 전갈입니다. 마광산에서 샘플이 채취되어서 보냈다고 합니다."

"그래?"

두샬라는 부하가 건넨 쪽지를 받았다. 그와 함께 작은 상자를 열어봤다.

탈칵-

상자 안에는 아직 가공되지 않아 울퉁불퉁하지만 정말로 속성석이 들어 있었다.

'이 정도면 2각석 정도는 되겠는데. 정말 버려진 땅에 마광산이 있을 줄이야.'

두샬라는 반신반의했던 카릴의 말이 현실이 되었다는 것에 소름이 돋는 기분이었다.

"워, 이게 속성석인가? 게다가 색깔도 다 다른 걸 보니 여러 속성이 있는 광산이라는 거잖아? 제국이 보유한 마광산보다 훨씬 좋은 거 같은데? 하하하, 이거 우리 황제보다 더 부자 되는 거 아냐?"

캄마는 두샬라의 뒤에서 히죽이며 말했다.

"좋아하긴 일러. 아직은 판매도 할 수 없는 것들이야. 마광산을 개발하면서 들어간 투자금만 얼만데. 타투르의 3년 예산을 거기에 다 쏟아부었잖아."

"하, 하하…… 그렇긴 하지만."

두샬라의 말에 캄마는 입술을 씰룩였다.

"그리고 이건 무법항의 수안 님께서 보내신 것이구요. 부서진 건물들은 모두 수리가 끝났고 북부에서 데리고 온 이민족의 정착도 어느 정도 안정된 듯 보입니다."

카릴이 자리를 비운 몇 달 동안 타투르는 많은 변화가 있었다.

마광산의 개발과 더불어 수안 하자르는 본격적으로 이민족들과 노예들을 타투르로 탈출시켰다.

어느새 노예왕의 명성은 대륙 전역에 퍼져 암암리에 그에게 연락을 취하는 전달책들까지 생겨날 정도였다.

의도와는 달랐지만 카릴이 계획한 보이지 않는 제국의 시작이 그림자 속에서 시작되고 있었다.

"수안 그 친구, 큐란이 없으니 요즘 들어 아주 무법항을 제 집처럼 다니는군."

캄마는 수북하게 쌓인 서류들을 정리하면서 빈정대는 투로 말했다.

"그게 뭐?"

하지만 차가운 두샬라의 눈빛을 보자 움찔거리며 말했다.

"아, 아니, 뭐, 좋은 현상이라고. 큐란이 있을 때보다 안정되고 말이야. 안 그래? 아주 살기 좋아졌어. 하하하하."

눈치 빠른 캄마는 어색하게 웃으면서 괜히 주위에 서 있는 부하들의 옆구리를 툭툭 찌를 뿐이었다.

'젠장, 노려보긴⋯⋯. 더러워서 이 짓도 못하겠군. 아니, 똑같은 관리자면서 왜 만날 나만 허드렛일이야?'

자유도시의 관리자 중 캄마의 위치는 어쩔 수 없이 다른 셋보다 밑이었다. 과거엔 그래도 타투르의 주인이 없었으니 서로의 영역은 침범하지 않았었다.

하지만 이제는 명백한 주인이 있었다.

3명의 관리자는 결국 카릴 맥거번의 밑에 있었고 어쩐 일인지 그중 실세라 할 수 있는 2명이 어린 꼬마를 지지하고 있으니 캄마로서는 답이 없었다.

'두샬라가 손을 쓰기 전에 내가 먼저 그 꼬마를 꼬드겼어야 하는데. 수안 녀석이야 어차피 밖으로 돌아다니는 놈이고⋯⋯. 이건 마치 타투르가 저 여자의 것 같잖아.'

부글부글 끓는 속을 밖으로 표현할 수도 없이 캄마는 두샬라가 처리한 나머지 서류들을 들고 옮기기 시작했다.

그때였다.

"캄마."

"응? 하하, 뭐 시…… 아니, 도움이라도 필요한가?"

자신을 부르는 두샬라의 목소리에 그는 황급히 고개를 돌렸다.

순간, '시킬 일이라도'라는 말이 목구멍까지 튀어나오는 걸 간신히 삼켰다. 살아온 세월만큼 마지막 자존심 정도는 그래도 지키려는 그였다.

"해줘야 할 일이 있는데."

"음? 뭔데?"

"잘하면 당신이 바라 마지않는 카릴의 신임을 제대로 얻을 수 있는 일이겠어. 게다가 어쩌면 다시 정계로 돌아갈 수 있고 말이야."

"정계? 설마 공국을 말하는 건가? 하하하…… 자네도 참. 농담은, 다 늙은 내가 돌아가서 뭐하겠나."

두샬라는 타투르에서 캄마의 과거를 알고 있는 유일한 사람이었다.

그는 젊은 시절 공국의 귀족이었다. 하지만 일련의 사건으로 인해 가족을 잃고 도망치듯 이곳에 왔다.

두샬라와 그의 위치가 이렇게 차이가 나게 된 것도 카릴이 베릴 남작과의 거래를 트게 되었다는 것을 듣고 그가 먼저 숨었기 때문이다.

"왜? 항상 떠들었잖아. 루레인으로 돌아가게 되면 가장 먼저 복수할 거라고."

"……."

"그 기회가 찾아온 것 같은데."

"그게 무슨……."

"카디홈 마광산의 베릴 남작이 보낸 편지야. 정확히는 그가 아닌 카릴이 그에게 시킨 일에 대한 보고지만."

두샬라는 조금 전 받은 쪽지를 그에게 건넸다. 무슨 말인지 영문을 모르겠다는 표정으로 캄마는 쪽지를 읽었다.

"……!!"

쪽지를 펼치자마자 그의 표정이 굳어졌다. 그의 반응이 재 밌다는 듯 두샬라는 뱀 같은 차가운 미소를 띠었다.

"어때? 놀랍지 않아? 마광산을 개발시킨 것도 놀라운 일인 데 우리 마스터는 더한 계획을 이미 하고 있었던 것 같아."

"이게…… 정말이야?"

"그래. 마광산에서 속성석이 채취되는 시기가 오면 당신에 게 수안과는 다른 상단을 만들라고 했다는군. 귀족으로 돌아 가진 못하겠지만 쫓겨난 왕국에 당당히 돌아갈 수 있는 방법 아닐까?"

귀족이 아닌 평범한 사람 중에 나라에 영향력을 끼칠 수 있 는 유일한 직업은 역시 경제력을 쥐고 있는 상인일 것이다.

캄마는 마치 자신의 과거를 알고 있는 것처럼 지시하는 카릴의 명령에 할 말을 잃은 듯 두샬라를 바라봤다.

"아니, 내 말은 이게 진짜 사실이냔 말이야. 공국이 제국과 전쟁을 대비해서 마도 병기를 만들고 있다고?"

"진짜인지 아닌지는 가서 확인해 보면 알겠지."

"설령 사실이라 하더라도 이건 극비 중의 극비일 텐데 어디에 숨어 있는지도 모를 멀리 있는 사람이 그걸 알 수 있어?"

"우리 마스터는 별난 사람이니까 나도 모르지. 루트는 베릴 남작에게 이미 말해놨다는데…… 무법항의 사람들이 어느 정도 채워졌을 터. 상단의 일꾼으로 그들을 쓰라니 이거야 원, 우리가 애도 아니고 하나부터 열까지 다 적어놨네."

그렇게 말하지만 두샬라는 썩 기분이 나쁘지 않은 표정이었다.

그만큼 카릴의 능력에 대해 인정할 수밖에 없는 상황이니까. 그런 그녀의 반응에 캄마는 오히려 살짝 인상을 찡그리며 말했다.

"뭐가 좋아서 그런 표정을 짓는 거야? 우리에게만 일을 시켜 두고 정작 본인은 뭘 하고 있는데?"

"알고 싶어?"

그녀는 캄마에게 주기 전 빼놓은 쪽지 한 장을 흔들며 말했다.

"캄마, 남부 대륙에 야만족이 얼마나 살고 있지?"

"글쎄…… 정확한 건 모르지만 세가 가장 강한 10대 부족을 합치면 족히 수만 명은 되겠지."

"그래. 일반인을 제외하고 싸울 수 있는 병사들의 수만 그 정도야. 그럼 마스터의 일행은?"

"에이단인가 하는 이상한 녀석하고 용병 한 명이었던가?"

"아조르에서 수하 한 명을 더 얻었다더군."

"그럼 4명이네. 뭐야? 알면서 내게 물어본 거야?"

두샬라는 묘한 웃음을 지으면서 말했다.

"당신이라면 4명서 수만 명을 이길 수 있을까?"

"무슨 말도 안 되는 소리를……."

"그걸 지금 하겠대."

"……뭐?"

"우리한테 시킨 일들과는 비교도 할 수 없는 말도 안 되는 짓을 벌일 생각인 거지, 우리 마스터는."

이해가 안 된다는 캄마의 얼굴을 바라보며 두샬라는 지금까지 중 가장 흥분된 표정으로 말했다.

"남부(南部) 정벌."

"마법 체계는 그저 마법서에 적힌 그대로만 생각해서는 안 된다. 획일화된 개념이야말로 마법의 독이다. 네가 에이단에게 배운 마력변형 역시 그 예라고 할 수 있겠지."

아조르를 떠난 지 일주일. 숲길을 따라 말을 몰면서 카릴은 틈틈이 미하일의 마법 수련을 병행했다.

"으흠, 그렇군요."

모닥불을 피우는 에이단의 옆으로 미하일은 턱을 어루만지면서 고개를 끄덕였다.

"3클래스에 도달하고 난 뒤부터는 새로이 혈맥의 형성이 필요하다. 그러기 위해서는 먼저 막힌 혈맥을 뚫는 게 우선이다."

"잠시…… 마스터, 기초 마법학에서는 혈맥을 먼저 안정화한 다음에 상승된 클래스의 혈맥을 조율하라고 하던데요?"

미하일은 카릴의 말에 반론을 제기하고서 아차 싶은 얼굴로 입을 가렸다.

"죄송합니다."

바로 조금 전 카릴의 충고가 떠올랐기 때문이다.

"아니. 500년 동안 새로이 정립된 기초마법학이 틀렸다는 것은 아니다. 하지만 내가 아는 한에서 3클래스에는 혈맥을 먼저 뚫는 것이 마력 상승에 도움이 된다."

카릴은 잠시 뜸을 들이다 말했다.

"이 방식은 기초마법학보다 오래전에 존재했던 것이다. 나의 스승이 그렇게 하셨고 더 나은 성취를 얻었지."

"알겠습니다."

그 스승이 누구인지, 어째서 마법학에 등재가 되지 못했는지에 대해 궁금할 법도 한데 미하일은 묻지 않았다.

아조르의 마법사들조차 공략하지 못한 회색교장을 클리어한 카릴의 말은 미하일에게 절대적인 것이었으니까.

"앞으로 두어 달 동안 이동하게 될 거야. 내가 알려주는 방법대로 마력을 훈련하도록 해."

"네."

미하일은 카릴의 말에 고개를 끄덕였다.

[이야, 잘 읽어주는군. 내 기억 속의 정보를 토씨 하나 틀리지 않고 말이야.]

알른 자비우스의 농담에 낮게 웃었다.

'어쩔 수 없지. 그렇다고 천 년 전에 죽은 유령에게 마법을 배우라고 알려줄 순 없잖아.'

[왜? 못 할 것도 없지. 죽은 자에게 배우지 말라는 법도 없는데. 조금 전에 네 입으로 말했잖아. 획일화된 개념에 사로잡히지 말라고 말이야.]

'쓸데없는 트집 잡지 마. 언젠가 알른 자비우스의 이름이 다시 알려지게 될 테니까.'

카릴의 말에 알른은 팔짱을 낀 채로 콧방귀를 뀌었다.

[흥, 이제 와서 그런 건 관심도 없다. 단지 나르 디 마우그, 그놈과 진실을 논하고 싶을 뿐이지.]

'왜 나를 죽였냐고?'

[……하여간. 아픈 말을 잘도 한다니까. 인정머리라고는 없는 녀석이라니까. 너 같은 놈에게 내 모든 지식을 주었다니.]

'전부는 아니지. 당신도 금제(禁制)를 걸었잖아. 내가 알 수 있는 건 전체적인 개념뿐. 실제로 고위 마법의 지식은 해금되

지 않았고 말이야.'

[어차피 알게 되어도 쓸 수 없는 마법들이다. 나는 널 생각해서 그리했을 뿐.]

'내가 잊힌 마법들을 가지고 거래를 할 수도 있다는 불안감 때문은 아니고?'

카릴은 피식 웃었다. 아조르에 보관되어 있는 초대 마법을 비롯하여 알른 자비우스의 기억 속엔 7인의 원로회가 익혔던 많은 마법이 남아 있었다.

그것 중 대부분은 지금은 소실되어 찾을 수 없는 마법이었다.

여명회와 불멸회를 비롯해서 제국과 공국까지…….

대마법사의 칭호를 받은 자들조차 꿈에 그리는 마법이었다. 하나만 세상에 나타나도 그들은 눈에 불을 켜고 카릴과 거래를 하고자 할 것이다.

'특히 제국의 궁정마법사인 카딘 루에르. 그 노인네라면 영지 한두 개 정도는 그냥 넘겨서라도 얻으려고 했을 텐데 말이야.'

물론, 뱀 같은 그에게 마법을 거래할 생각도 없었지만 그만큼 마법사들에게 새로운 마법이란 엄청난 가치를 가진다는 의미였다.

[그걸 가지고 거래를 한다고? 큭, 아서라. 이 녀석아. 농을 하려면 제대로 해야지. 12살짜리 꼬마가 천 년 전 마법을 알고 있다고 누가 믿겠어? 오히려 네 명을 재촉하는 것밖에 더 안되지.]

그리고 뱀 같은 늙은이는 여기에도 있었다.

알른 자비우스는 카릴이 한 말이 실현 불가능한 것이란 걸 알고 있었다. 그저 조금이나마 그가 자신보다 높은 위치에 있고자 하는 수단이란 것 또한 눈치챘다.

[걱정 마라. 네가 용의 심장을 먹은 이상 나는 너의 육체를 탐할 수 없으니까. 아무리 대단해도 내 마력이 용의 마력보단 낮으니 어쩔 수 없는 일이지.]

마치, 카릴의 걱정을 알고 있다는 투로 말했다.

[애초에 내가 너와 계약을 할 때 나를 백금룡에게 데려다주는 조건으로 나의 지식을 너에게 공유했다. 그걸로 충분해. 천년의 세월을 홀로 있어봐라. 대륙이 어떻게 되든 그런 건 이제 내게 중요하지 않아.]

회색교장의 봉인은 그로서는 풀 수 없는 것이었고 카릴은 원로회의 유물들을 얻을 수 있는 기회였다.

서로에게 모두 좋은 일.

하지만 7인의 원로회가 어떤 인물들인가. 카릴은 만반의 준비를 하고 계약을 했음에도 여전히 불안감을 가지고 있었다.

[그러니 기죽지 말고 네가 하던 대로 해라. 나름 네가 하는 것들을 지켜보는 재미가 쏠쏠하니까.]

'뭐? 내가 언제?'

[클클클……]

알른 자비우스는 카릴의 반응이 재밌다는 듯 연신 웃었다.

그런 그의 모습을 바라보며 미하일은 생각했다.

'이따금 저렇게 아무 말도 안 하고 가만히 계실 때가 있는데 무슨 생각을 하시는 걸까. 요즘 들어 더 자주 그러시는 것 같고……'

게다가 가끔 혼자 찡그리기도 하고 웃기도 하는 모습이 여간 궁금하지 않을 수 없었다. 알른 자비우스의 존재를 알지 못하는 그로서는 카릴이 그저 심각한 생각을 하고 있다고 추측할 뿐이었다.

[그런데 나락 바위에 가기 전에 '그곳'에 들릴 생각이냐. 나는 아직까지 거기가 남아 있다는 것이 신기하구나.]

'타투르만으로는 부족해. 대륙에는 왕국들의 손길이 닿지 않는 도시들이 몇 개 있지만 거점으로 삼기엔 어렵지. 몇 번을 생각해도 그곳이 적임이야.'

[그 말엔 동의를 한다만……. 글쎄. 고작해야 세 명으로 그 땅의 주인이 될 수 있을까 싶은데.]

알른은 카릴의 뒤를 따르는 미하일과 에이단을 바라보며 말했다.

'그 정도도 못한다면 어차피 나르 디 마우그의 레어는커녕 먼저 가게 될 나락 바위에서 죽을 운명이야.'

[……]

'게다가 나락 바위에 가기 위해선 그들의 힘이 필요하기도 하고.'

미하일은 카릴을 바라봤다. 고개를 천천히 *끄덕*이는 그의 모습에서 긴 침묵이 끝났다는 것을 알 수 있었다.

그리고 침묵이 끝났을 때, 언제나 예상치 못한 명령이 내려온다는 것도 잘 알고 있었다.

"비궁족(飛弓族)의 땅."

카릴은 낮은 목소리로 말했다.

"대초원으로 간다."

산세가 험한 대륙의 북부에 살고 있는 이민족은 기술이 발달되어 있지 않은 대신 채집과 산악술에 특화되어 있었다. 그에 비해 남부는 일대의 대부분이 광활한 대초원으로 되어 있었기 때문에 기마술이 발달했다.

그중에서도 카릴의 목표인 남부의 비궁족(飛弓族)은 눈여겨볼 만한 자들이었다.

'뛰어난 기마술은 물론이거니와 대초원의 삶을 지냈던 그들은 태생적으로 눈이 좋고 그로 인해 궁술 역시 뛰어나다.'

비궁족의 사람은 100야드 밖의 목표도 오차 없이 맞출 수 있다고 전해질 정도였으니 말이다.

하지만 카릴이 비궁족을 향하는 것은 단순히 그들의 궁술 때문이 아니었다.

대초원(大草原).

그 누구도 건들지 않은 대륙의 유일한 땅이 그곳에 있기 때문이었다.

"제국인으로 보이는데 여기까지 찾아오다니. 제정신은 아닌 것 같은데."

낮은 목소리가 들렸다. 하지만 카릴은 그의 말은 무시한 채 감회가 새롭다는 표정으로 천막을 훑었다.

아니, 천막이라고 불러도 되나 싶을 정도로 그 규모가 어마어마했다. 막사 안에는 수백 명이 함께 살고 있었으니까.

"와…… 저 남부는 처음인데. 이런 곳도 있네요."

"그러게요. 이거, 긴장되네."

미하일과 에이단의 소곤거림이 들렸다. 긴장이 역력한 두 사람과 달리 카릴의 모습은 담담했다.

비궁족의 수장인 스완 무카리는 그런 눈앞의 소년을 신기한 듯 바라봤다.

"후우……."

그는 들고 있는 기다랗고 얇은 파이프를 있는 힘껏 빨고 내뱉었다.

새하얀 연기가 구름처럼 흩어졌다. 코끝에서 서늘하게 느껴지는 냉기가 있었다.

파이프에서 흘러나오는 차가운 연기.

그리고 천막 안에는 보글보글 끓는 냄비 안에 정체불명의 액체를 보며 말했다.

'주술이군.'

제국의 마법과 달리 남부의 일족들은 주술을 쓴다.

자연적이라는 것은 두 힘 모두 같지만, 마법은 즉각적인 반면 주술은 단시간에 효과를 발휘하는 것이 아닌 염(念)적인 힘에 가까웠다.

'북부의 이민족 중에도 주술을 쓰는 자들이 있지만 남부에 비할 바는 못 되지.'

카릴은 족장의 파이프를 유심히 바라보며 생각했다.

"타투르라…… 들어본 적이 있는 도시야. 대륙의 왕국들 사이에 껴 있는 자유도시."

"맞소."

"제국이나 공국의 쓰레기였다면 들을 필요도 없이 목을 벴겠지만."

카릴은 살기등등한 그의 모습에 낮게 웃었다.

일흔은 족히 넘을 것 같은 노인에게서 아직까지 이 정도의 투기가 느껴지다니 무인으로서 놀라울 따름이었다.

노려보는 그와 달리 카릴은 재회가 기쁜 듯 스완 무카리를 바라봤다.

카릴은 그를 잘 알고 있다. 전생(前生)에서 북부의 이민족들과 달리 남부는 제국에 의한 피해가 거의 없었다.

왕국 간의 대륙 전쟁에서도 그들은 살아남았으며 오히려 디곤이라는 일족 아래 하나로 뭉쳤으니까.

그 선봉대를 바로 비궁족이 맡았기 때문이다.

'황제였던 올리번이 남부를 치려고 했지만 실패했지. 그 이유 중 하나가 바로 이 비궁족 때문.'

카릴은 고개를 돌렸다. 스완 무카리의 뒤에 서 있는 건장한 남자는 무표정한 얼굴이었지만 카릴이 들어온 이후부터 지금까지 옅은 투기를 계속해서 뿜어내고 있었다.

갈무리된 투기를 유지하는 것은 결코 쉬운 일이 아니었다.

'그 비궁족이 강한 이유는 바로 저 남자 때문이지. 실력은 큐란보다 상위. 아마도 친위기사들도 쉽사리 이기긴 어렵겠지.'

소드 마스터 다음으로 대륙에서 가장 강력하다고 알려져 있는 제국의 친위기사.

그들과 동급이라는 것은 마스터의 반열에 오르기에 충분한 자질을 가진 자라는 것을 의미하기도 했다.

남자의 이름은 키누 무카리.

비궁족 제일의 활이라는 별칭을 가지고 있는 스완 무카리의 아들이었다.

"당신들이라 할지라도 우리에겐 크게 다르지 않다. 여기까지 찾아온 이유를 말해라."

카릴은 단단한 중저음의 목소리에 고개를 끄덕였다.

"거래를 하고 싶소."

"거래? 북부와 남부는 서로 관여하지 않는다는 게 불문율

일 텐데. 고작 한낱 도시의 영주가 대륙의 규율을 깨뜨리면 다른 왕국들이 가만히 있지 않을 것이고."

"불문율이 된 건 북부가 남부에 관심을 가지지 않았기 때문일 뿐. 디곤을 제외한 나머지 일족들은 제국이 마음만 먹으면 언제든 정벌할 수 있다는 걸 잘 알 텐데."

"뭐?"

"이단섬멸령으로 인해 북부에 시선이 기울어져 있어서 다행이라고 생각해. 아니었다면 제국은 남부 정벌을 통한 영토 확장을 꾀했을 테니까."

카릴은 거침없이 말했다. 키누 무카리는 그의 말에 인상을 굳혔지만 이렇다 할 반박은 하지 못했다. 사실이었으니까.

그들은 눈치를 보고 있었다. 북부 이민족의 명운에 따라 남부의 대처도 달라질 것이다.

'올리번이 황제에 즉위하고 대륙을 정벌하는 과정에서 남부는 디곤의 밀리아나를 주축으로 빠르게 뭉쳤다. 하지만 그 이유는 충성심이 아닌 오로지 생존을 위함.'

그 말은 곧, 아직은 남부의 일족들이 모두 제각각이라는 뜻이었다.

'남부 일대에서 주목해야 할 부족이라 하면 디곤을 제외하면 나락 바위 쪽에 있는 창 일가(一家)를 주축으로 하고 있는 5대 부족이지만 여길 얻기 위해서는 그 이전에 비궁족을 먼저 꺾어야 한다.'

대초원의 경계에 살고 있는 비궁족은 말 그대로 남부 세력에 방파제 같은 역할이었다.

'제국을 견제하고 타투르를 유지하기 위해서는 남부의 세력이 필요하다. 그러기 위해선 밀리아나보다 내가 먼저 대초원의 주인이 돼야 한다.'

카릴은 눈빛을 빛냈다.

"제국인은 남부의 명운까지 신경을 쓸 만큼 우리가 가소로워 보이나 보지? 북부의 이민족을 죽이는 자가 바로 너희들이면서."

"우리는 제국과는 다른 노선을 걸을 것이다. 알다시피 타투르엔 이민족을 비롯해 제국을 피해 달아난 노예들까지 살고 있다."

카릴은 키누의 말에 가볍게 어깨를 으쓱했다.

"그래서?"

"남부의 일족들까지도 우리는 포용할 여지가 있다는 뜻이다."

"……"

너무나도 당당하게 말하는 그의 모습에 키누는 어처구니가 없었다.

"포용? 미친…… 기껏해야 작은 도시 하나 가지고 있는 당신이 대초원의 주인인 우리를? 말도 안 되는 소리를 지껄이는군."

외세의 침략에 가장 먼저 싸우는 자들인 만큼 그들의 신뢰를 받게 된다면 내부의 일족들을 대하는 것 역시 쉬운 일이었다.

하지만 반대로 생각하면, 비궁족만큼 다루기 어려운 일족도 없다는 의미가 된다.

"대초원을 가졌다고 하기엔 무리가 있을 텐데. 비궁족 이외에도 투족과 라후, 그리고 리수 부족까지 초원에 있지 않은가."

"……너."

"게다가 제국이 북부를 정벌하고 나면 그 칼날은 남부를 향할 것이다."

"헛소리를!!"

"진정하거라."

으르렁거리듯 소리치는 키누를 막은 것은 족장인 스완이었다.

"당신 말대로 남부는 아직 부족 전쟁을 치르고 있는 중이나 제국에게 쉽사리 지진 않을 겁니다."

스완은 다시 한번 천천히 파이프를 빨고서 내뱉으며 말했다.

"만일에 하나 제국이 칼날을 겨눈다면 남부는 하나가 되어 싸울 테니까."

그의 눈빛은 노년의 눈빛이라고 할 수 없을 정도로 의지가 담겨 날카로운 날이 서 있었다.

"그렇겠지."

카릴은 고개를 끄덕였다.

"또한 당혹스러운 말이긴 하나…… 거래라고 말씀을 하시지 않았습니까. 우리를 얻고자 한다면 당신이 내어줄 것은 무엇입니까. 자칫 제 귀엔 협박으로 들리기도 하는데 말이죠."

"아버님!! 지금 저딴 헛소리를 지껄이는 자의 말을 계속 들으실 생각입니까?"

키누의 외침과 달리 카릴은 스완의 말에 옅은 미소를 지었다.

"혈기왕성한 아들보단 그래도 연륜이 있는 족장이 좀 더 낫군. 부족 전쟁과 제국의 칼날은 결국 부수적인 것이니까."

"……."

순간, 스완 무카리의 눈빛이 흔들렸다.

대륙 남부는 대초원을 중심으로 그 주변은 사막으로 둘러싸여 있는 척박한 땅이었다. 땅 자체의 수분이 부족하고 이따금 내리는 스콜(Squall)은 식수로 사용하기에도 부족했다.

태생적인 식량난.

그건 수백 년 동안 누구도 해결할 수 없는 일이었다. 그렇기 때문에 남부 일족의 대부분은 사냥을 통해 기본적인 식량을 구하고 남은 가죽과 뼈를 팔아 음식을 샀다.

남부의 일족을 눈엣가시처럼 여기는 제국과 공국이 그들과 거래를 할 일은 만무했다. 대륙에서 유일하게 그들과 거래를 하는 곳이 바로 타투르였던 것이다.

"나는 지금까지 행해졌던 타투르와의 거래에 손을 댈 생각은 없다. 하지만 제국이 북부의 이민족을 정벌하고 난 다음에 눈을 돌리는 곳이 어딜까?"

"……."

"공국과 삼국을 처리하기 위해서 그 교두보가 되는 곳이 바로 타투르일 터."

카릴의 말에 막사 안에 있는 사람들은 모두가 침묵했다.

"당신의 말대로 나는 거래를 하러 왔다. 거래란 말 그대로 서로에게 이득이 돼야 하는 법. 타투르가 존재해야 남부의 일족도 살 수 있고 남부의 힘이 있다면 제국 역시 타투르를 쉽사리 손대지 못하겠지."

"동맹을 맺자는 말이오?"

스완 무카리의 말에 카릴은 잠시 말을 멈추었다.

"조금 다르지. 거래라고 하지 않았나."

"무슨 의민지……."

"대초원을 노리는 나머지 부족들을 처리해 주겠다. 그 대신 너희는 나락 바위까지 가는 길을 터다오."

여전히 스완은 가늠할 수 없다는 표정을 지었다. 조금 전의 자신들을 수하로 두겠다고 말했던 카릴의 의도를 아직 파악하지 못했기 때문이다.

"조금 더 설명 필요하겠군. 나락 바위를 지키고 있는 창 일가를 비롯한 5대 일가를 만나게 해달라는 의미다."

"그들은 우리보다도 더 호전적인 자들이오."

"걱정 마라. 5대 일가를 한자리에 모이게만 해준다면 내가 너에게 그들을 다스리게 해줄 테니까."

"……."

스완 무카리는 너무나도 허무맹랑한 소리인지라 짐작이 가지 않았다.

대초원의 3부족을 처리하는 것만도 어려운 일이었다. 수십 년간 서로 싸워왔음에도 결말이 나지 않았는데 그것도 모자라 5대 일가까지.

그건, 남부 일대에 내로라하는 부족들을 모두 정복하겠다는 말이었다. 무모해 보이는 계획이었지만 카릴이 그리는 큰 그림에는 당연한 것이었다.

'대초원의 4대 부족과 나락 바위의 5대 일가. 그 정도를 내 밑으로 두지 않는다면 밀리아나의 디곤을 굴복시킬 수 없다.'

용의 여제 밀리아나.

그녀는 전생에 있어 신탁을 이끌었던 카릴을 따랐던 10인의 기사 중 한 명이었다.

비록, 과거의 옛 동료였으나 지금은 아무런 접점도 없는 상황에서 그녀를 자신의 것으로 만들기 위해서는 단 하나의 방법밖에 없었다.

힘(力). 압도적인 권세로 일족을 흡수하는 것밖에는 없었다.

'그러기 위한 전제조건.'

카릴은 나르 디 마우그의 레어에 가기 전, 자신이 세운 커다란 그림의 한 조각을 완성하고자 했다.

"뭐, 말로 해서는 못 미덥겠지. 내가 나머지 3부족을 처리한 뒤에 대화를 계속하는 게 좋겠군."

그는 천천히 자리에서 일어섰다.

하지만 나머지 두 사람. 미하일과 에이단은 어쩐 일인지 여전히 가만히 앉아 있었다.

"그리고……."

쩌적- 쩌저적--!!

그때였다. 카릴의 주위에서 차가운 냉기가 뿜어져 나오며 그의 발아래에서부터 새하얀 서리가 얼기 시작했다.

서걱-

허리춤에 달려 있던 얼음 발톱이 날카롭게 뽑혔다.

반응할 수도 없는 속도에 키누 무카리는 카릴의 발검을 보고서도 움직이지 못했다.

"대초원의 주인이라는 이름을 달고자 한다면 명예롭게 행동해라."

스완 무카리가 물고 있던 파이프가 잘려 바닥에 떨어졌다. 그제야 천막 안에 있던 비궁족 사람들이 카릴을 향해 활을 겨누었지만 이미 얼음 발톱은 스완의 목에 닿아 있었다.

"주술을 이런 식으로 쓰면 안 되지. 어디서 맡아본 냄새라고 했더니 파이프에 든 건 서리뱀풀잎이군."

"……."

"냄비에 끓이고 있는 유카프액과 만나면 차갑게 변하면서 마비 효과가 있고 말이야."

카릴은 잘린 파이프를 다시 한번 밟아 부러뜨렸다.

"그런데 내가 이 정도 독엔 아무렇지 않거든."

용의 심장을 흡수한 카릴은 일반적인 마력이 아닌 용마력이 흐른다. 일반적으로 드래곤에겐 어떤 독도 통하지 않는다고 알려져 있다.

비록 혈맥이 제대로 뚫리지 않았다고는 하나 카릴의 용마력 역시 드래곤의 특성을 가지고 있었다.

"지금 당장 두 사람에게 해독제를 줘라."

카릴은 나지막한 목소리로 말했다.

"나는 너희의 능력을 높이 산다. 하지만 허튼짓을 부려 비궁족이 아닌 다른 세 부족과 거래를 하고 싶은 마음이 생기게 하지 마라."

그 순간, 스완 무카리는 자신도 모르게 마른침을 삼켰다.

"그러면 너희는 원하는 것을 얻을 것이다."

부우우우웅---!

후아아--!!

잔잔하던 하늘에 갑자기 돌풍이라도 일어난 것 같은 바람이 일었다. 성벽에 보초를 서고 있던 병사들은 갑작스러운 바람에 황급히 팔로 얼굴을 가렸다.

"뭐, 뭐야?"

"깃발이 날아가지 않도록 조심해!!"

댕- 댕- 댕-

보초는 빠르게 종을 쳤다. 갑작스럽게 상공에 나타난 검은 그림자를 바라보며 경계를 알리는 종소리가 사방으로 퍼졌다.

다다다다……:

다다……!

종소리에 맞추어 아래에 있던 병사들이 일사불란하게 배치되었다.

백색의 용이 그려진 깃발과 똑같은 문양이 그들의 가슴에도 새겨져 있었다. 대륙에서 오직 제국병만이 그 문양을 가슴에 달 수 있다.

병사 하나하나의 눈빛은 날카롭게 빛나는 것이 일반병들조차 훈련이 잘되어 날이 서 있는 느낌이었다.

"모두 자리로!!"

"위치를 지켜라!! 궁수 부대 대기!"

"방패병은 앞으로!!"

백부장들의 외침에 병사들은 성벽 위로 다시 한번 커다란 타워 실드로 벽을 만들어졌다.

쿵--!!

비스듬하게 세워놓은 실드의 앞엔 작은 구멍이 뚫려 있었는데 능숙하게 그 사이로 궁수들이 화살을 집어넣어 활대를 당겼다.

콰드드드득……:

팽팽하게 당겨진 화살의 개수만 수백 개. 위에서 아래를 내려다보면 그 위용은 오금이 저릴 정도일 것이다.

"……."

"……."

부산하게 움직이던 병사들은 처음의 혼란은 잊은 채 자신들의 머리 위로 지나가는 거대한 함선을 바라봤다.

"이만하면 됐다."

침묵이 이는 성벽과 달리 망루에 서 있던 수비대장은 기다렸다는 듯 부관에게 말했다.

"지금 바로 황궁에 보고해라."

"네?"

"누군지는 자네도 알 테고. 황제께서 친히 그들을 부른 것이니 경계를 늦추고 성문을 정비하라고 하게."

대륙에서 상공을 날 수 있는 유일한 기체를 가진 무리가 누군지는 세 살배기도 알 것이다.

교도 용병단.

하지만 그들이 아무리 강력하다 하더라도 무턱대고 제국을 노리고 왔을 리가 없었다.

이미 보고를 받은 수비대장은 빠른 시일 내에 그들이 온다는 것을 알고 있음에도 불구하고 마치 전시 상황처럼 사정거리 안에 비행선이 나타나자 병사들을 집결했다.

이유는 간단했다. 그래야 하기 때문이다.

아무리 우호 관계를 유지하고 있는 그들이라 할지라도 결국 한낱 용병단에 불과하다.

쿠그그그그…….

쿠그그…….

비공정이 제국의 영역에 진입하는 것도 모자라 자신들의 머리 위를 날고 있었다.

착륙 지점을 찾는 것이겠지만 그들을 그냥 묵인한다는 것은 제국의 위상에 금이 가는 일이었다.

종이 울리고 성벽에 집결된 병사의 수만 800여 명. 그리고 성벽 뒤에 출진 준비를 마친 기마병이 500명, 보병이 1천 7백 명이었다.

도합 3천 명. 적다면 적을 수 있는 숫자였지만 그들이 집결된 시간은 고작 30분이 채 되지 않았다.

"비공정 위라면 성벽 아래의 병사들까지 볼 수 있을 테니까. 이 정도는 해두는 게 좋겠지."

제국 기사단과 황도(皇都) 밖에 주둔하고 있는 병사들은 움직이지 않았다.

여력을 남겨둠과 동시에 압박까지.

모두가 계산된 행동이었다. 어쩌면 불필요한 겉치레로 보이지만 이런 모습이 제국의 위상을 지켜주는 것일지 몰랐다.

'재상께서 말씀하신 대로군. 문제는 황제 폐하와의 알현이 아니겠지. 시작은 제1황자가 앞선다고 해야 할까. 과연…….'

수비 대장은 착륙을 시도하는 비공정을 바라보며 생각했다.

'올리번 황자께서 어떻게 나오실지…… 두 사람 중 누가 먼저 교도 용병단과 연줄을 닿을 수 있을지가 황권 다툼에 또 다른 요소가 되겠지.'

그는 낮은 목소리로 말했다.

"황국이 소란스러워지겠군."

"아니, 제정신이십니까?"

에이단은 노려보는 미하일의 눈초리에 입을 가렸지만 이내 곧 다시 입술을 씰룩이면서 말했다.

"이곳 부족들이 대초원을 두고 다툼이 있었던 게 수십 년도 더 되었습니다. 그런데도 여전히 그대로죠. 왜 그러겠습니까? 답이 없거든요. 어디 하나 균형이 무너지면 서로 잡아먹힌다는 걸 아니까."

카릴은 그의 말을 듣다가 말했다.

"잘 아네. 이런 쪽에 관심이 있나 보지?"

"아니, 그런 게……."

저번에도 비슷한 질문을 받았던 것 같은 생각에 에이단은 자신도 모르게 머리를 긁적였다.

꼭 떠보는 것 같은 기분.

하지만 그런 의심은 차치해서라도 해야 할 말을 해야겠다고 생각했다.

"남은 3개의 부족 중에서도 특히나 투 부족이 얼마나 거친 녀석들인지 모르실 겁니다. 소문에는 인육까지 먹는다고 하던 걸요."

"그래? 남부 쪽은 알려진 게 별로 없는데. 찾아보기라도 했나 봐."

"……"

난처해지리란 걸 알고 있으면서 오히려 그게 재밌는 듯 카릴은 놀리는 것처럼 말했다.

"걱정 마. 투 부족이 인육을 먹는다는 건 뜬소문이니까. 뭐…… 자신의 허벅지살을 베어 먹는 게 부족 특유의 성인식이긴 하지만."

"예?"

카릴의 말에 미하일은 깜짝 놀란 표정으로 되물었다.

"그 정도는 북부에도 많이 있으니 대수로운 건 아니야."

"그렇군요……"

떨떠름한 표정으로 미하일은 고개를 끄덕였다. 그런 그를 보며 카릴은 옅게 웃었다.

"에이단, 네 말대로 대초원을 두고 4개의 부족이 결판을 내지 못한 이유는 어느 한 곳이 섣불리 움직이기 어렵기 때문이다. 왜 그럴까?"

"균형이 무너지면 안 되기 때문 아닐까요?"

"반은 맞고 반은 틀렸어. 조금 더 생각해 봐. 지리에 대해서 알고 있다면 답은 쉽지."

"으음……."

카릴은 마치 시험을 치르는 것처럼 두 사람에게 말했다. 질문에 고민을 하는 에이단보다 먼저 미하일이 입을 열었다.

"마물 때문입니다."

그는 다른 때와 달리 자신 있게 말했다.

"대초원 뒤편에 크고 작은 마굴들에서 쏟아지는 몬스터들은 부족들에게도 큰 부담이니까요. 완전히 처리를 하자니 피해가 크고 뒤에 몬스터들을 두고 전쟁을 벌이는 것도 힘든 일이구요."

"맞아."

"게다가 또 라후 부족은 다른 3부족에 비해 대초원의 입지가 적어서 몬스터 사냥으로 생계를 유지합니다. 그러니 완전히 토벌을 하기도 애매한 상황이죠."

"남부에 와본 적이 있어? 어떻게 그렇게 잘 알고 있는 거야?"

에이단은 거침없는 미하일의 대답에 살짝 놀란 표정을 지으면서 되물었다.

"예전에 비공정의 식량을 보충하기 위해 잠시 남부에 있었던 적이 있어서 기억하고 있습니다."

"훌륭하군."

카릴의 칭찬에 미하일은 괜스레 기분이 좋은 듯, 하지 않아도 될 설명까지 했다.

"제국도 남부를 북부에 비해 자유롭게 둔 이유도 그 때문이겠죠. 가만히 둬도 쉽게 뭉치기 어려우니까요."

"맞아. 그렇기 때문에 이번이야말로 대초원의 주인을 결정지을 수 있는 절호의 기회기도 하지."

"으음……."

카릴은 대답을 기다리는 듯 에이단을 바라봤다. 생각에 잠겼었던 그가 조심스럽게 입을 열었다.

"그 말씀은…… 우리라는 변수를 가리키는 건가요?"

"정답."

"마굴 때문에 움직이지 못하는 부족들을 각각 노리겠다는 말씀이신가요?"

카릴이 아무리 대단하다 하더라도 자신들은 기껏해야 3명에 불과하다. 대초원의 부족 중에 가장 세력이 약한 라후 부족만 하더라도 그 수가 800명에 가까웠으니까.

꿀꺽-

에이단은 그렇게 말하면서 자신도 모르게 마른침을 삼켰다. 남부의 기마 부족들은 부족원들이 모두 전투원이라고 해도 과언이 아닐 정도였으니 수백의 적을 고작 세 명이서 무찌른다는 건 말 그대로 목숨을 건 일이었다.

"나머지 두 부족의 숫자까지 합치면 족히 2천 명……. 그럼

한 사람당 무찔러야 할 수가…….."

미하일은 가늠이 되지 않는다는 얼굴로 손가락을 몇 번 움직이다가 고개를 저으면서 포기했다. 셈이 되지 않아서 그런 게 아니라 말이 안 되는 일이기 때문이었다.

그의 모습에 카릴은 피식 웃었다.

"걱정 마. 우리가 그들을 상대할 일은 없을 테니까."

"네? 그럼……."

"내가 말한 변수란 그들이 움직이지 않고도, 몬스터를 해결할 수 있는 우리가 있단 의미였으니까."

"저희가 부족들 대신 마굴 토벌을 한다는 말씀이십니까?"

"그렇지."

에이단은 이해가 되지 않는다는 듯 말했다.

"그렇게 되면 부족들이 자유롭게 대초원에 집중할 수 있도록 기회를 만들어주는 것뿐이지 않습니까? 오히려 비궁족에게 안 좋은 게 아닐지……."

"걱정 마. 마굴을 정리한다 하더라도 녀석들은 쉽사리 움직이지 못해. 몬스터를 잡되 잡지 않은 거니까."

"으음……."

여전히 두 사람의 얼굴엔 의문이 가득했다. 카릴은 의미심장하게 웃었다.

마굴(Dungeon).

대륙에는 오크나 리자드맨과 같은 인간들과 마찬가지로 산과 들에 서식하는 몬스터들도 있지만 그들과 달리 마굴 속의 몬스터들은 좀 더 특별하다.

자연적으로 생성되는 필드의 몬스터들과 달리 마굴 안에는 핵이 존재하며 그 핵이 뒤틀린 공간을 만든다.

자연을 거스르는 인위적인 탄생.

마굴의 몬스터들은 그곳에서 만들어진다.

'지금 생각해 보면 이 마굴도 일종의 파렐 같은 것일지도 모르겠는걸. 물론, 생성되는 몬스터의 차이가 급격하지만.'

과거에는 당연하게 생각했던 것들도 시간을 거슬러오자 새로이 보였다.

지금껏 그 어떤 왕국도 제대로 된 마굴 토벌을 하지 않았다. 왜냐면 남부의 마굴과 달리 북부의 마굴은 대부분 활동을 멈추었기 때문이다.

'원래 마굴은 화산처럼 휴지기와 활동기가 번갈아가며 있다. 북부의 마굴은 이미 수백 년 동안 활동한 것이 몇 개 없어서 대부분 죽은 마굴이라고 생각했으니까.'

실제로 황제는 몇 차례 마굴을 조사하라고 명령을 내린 적도 있었다.

아이작 자작을 필두로 한 공략대는 다섯 번에 걸쳐 대륙에 있는 마굴을 확인했고 그 안에 아무것도 없다는 보고를 올렸다.

'틀린 말은 아니었지.'

카릴은 쓴웃음을 지으며 살짝 얼굴을 굳혔다.

확실히 그 당시에 몬스터는 없었다.

그러나 신탁이 내려지고 파렐에서 쏟아져 나온 괴물들이 인간계로 진입할 때 빈 마굴들을 통로로 사용한 것이다.

'순식간에 북부의 3분의 1을 멸망시키고 제국으로 돌진했던 타락들……'

대륙에서 가장 큰 마굴은 북부 고대 유적인 트라멜의 서쪽에 있는 선혈동굴(鮮血洞窟)이다.

그곳은 추후에 타락의 최초 거점이 되기도 한다.

'뭐, 그건 나중에 해결해야 할 일이지만.'

이번 생에서 카릴은 북부의 마굴들의 입구를 모조리 막아 버리겠다는 생각을 했다.

마굴에 가까워질수록 에이단과 미하일의 얼굴이 어두워졌다.

대초원에는 몇 개의 마굴이 있었지만, 그중에서도 카릴이 향하는 곳은 두 사람도 잘 알고 있는 곳이기 때문이었다.

"이 마굴에 대해서 아는 사람?"

"실물로 보는 건 처음이지만…… 이름은 많이 들어봤습니다. 저기 두 개의 바위가 마주 보고 세워져 있는 걸 봐서 쌍두수리의 둥지가 아닌지요."

미하일의 말에 카릴은 고개를 끄덕였다.

"맞아."

그리고 그의 말에 두 사람은 역시나 하는 표정으로 낮은 한숨을 내쉬었다. 대초원의 마굴 중에 두 번째로 난이도가 높은 곳이었기 때문이다.

"가장 강한 몬스터가 있는 곳은 여기서 좀 더 떨어진 쐐기덩굴 구릉이겠지만……."

몬스터를 상대하는 부족들조차 건들지 못하는 두 개의 마굴 중 하나. 그만큼 이 안에 서식하는 몬스터는 강력했다.

"지금 상황에선 쌍두수리의 목이 구릉의 주인인 샌드 서펀트보다 더 가치 있는 거래 물품이 될 거다."

"아……!"

에이단은 그제야 조금 전 카릴이 했던 말의 의미를 이해할 수 있었다.

"몬스터를 잡되 잡지 않는 것이란 말은 더 강한 것을 남겨서 그들과 거래를 하기 위함이군요."

"맞아. 그리고 쌍두수리 역시 녀석들이 처리하지 못하는 몬스터. 여기를 공략해서 목을 가져간다면 우리의 힘을 증명할 수도 있고."

"……그렇군요."

쌍두수리의 둥지를 공략하는 것. 그것은 일종의 경고였다.

거래가 성사되지 않는다 하더라도, 쌍두수리를 잡을 수 있을 만큼의 실력자가 비궁족의 편에 있는 것만으로 대초원의 판도는 지금까지와 완전히 달라질 것이다.

여차하면 몬스터를 향했던 검이 자신들을 향할지 모른다는 압박감.

'마굴 하나 공략하는 것으로 대초원을 얻을 수 있을지도 모른다니……'

물론, 쉬운 일은 아니다.

하지만 수천 명의 적과 싸우는 것에 비한다면 훨씬 가능성 있는 일이었다. 그것도 고작 3명이서 말이다.

'어째서 지금까지 우리는 이런 생각을 하지 못했을까.'

에이단은 새삼 카릴의 비상함에 다시 놀라지 않을 수 없었다.

카릴은 그런 그의 생각을 아는지 모르는지 담담한 목소리로 마굴의 입구에서 말했다.

"들어간다."

►**Chapter 5**◄

마굴은 입구에서부터 특유의 냄새가 있다.

공기 속에 먹물 냄새같이 묵직하고 텁텁한 향기는 침입자의 호흡을 힘들게 만들었다.

"후우……."

가장 먼저 반응이 온 것은 미하일이었다.

용병단에 몸을 담고 있는 그였지만 어린 시절부터 암연에서 훈련을 받은 에이단이나 카릴에 비한다면 가장 약체였다.

"아조르에서 너무 마력 훈련만 했나 봅니다. 이 정도로 체력이 달릴 줄이야. 하하……."

그것을 알기에 미하일은 어색하게 웃으면서 무거운 공기를 깨뜨리려 했다.

"체력이 아무리 좋아도 마굴은 힘들다. 당연한 일이야. 그래도 마력을 쓰는 일은 하지 않는 게 좋아."

"알겠습니다."

"마굴 안에 어떤 몬스터가 튀어나올지 모르니까."

카릴의 말에 미하일은 고개를 끄덕이고는 스태프를 지팡이 삼아 몸을 기대며 걸음을 옮겼다.

[신기하군. 동굴 안에서 암흑력이 느껴지다니. 마도 시대에도 보기 힘든 힘인데 말이야. 이게 아직도 남아 있었나?]

알른 자비우스는 주위를 훑으며 중얼거렸다.

'설마 처음 보는 건가? 당신이 살던 때엔 마굴이 없었나 보군.'

[맞아. 몬스터가 사는 던전이야 있었지만 이런 식으로 암흑력이 내려앉아 있는 마굴은 없었다.]

'암흑력이 뭐지?'

[마력과는 조금 다른 성질을 가진 힘이지. 아직도 교단은 율라(Yula)를 섬기나?]

'응.'

[그들에 반하는 힘이라고 하면 되겠군. 신성력과 완전히 반대의 성질을 가졌지. 하지만 암흑력은 마계에서나 볼 수 있는 힘인데…… 이상하군.]

카릴은 알른 자비우스의 말에 살짝 인상을 찡그리며 물었다.

'그럼 혹시 마족도 타락과 관련이 있을 수 있을까?'

[내 생각엔 어렵지 않을까 싶은데. 타락은 말 그대로 이 세계가 아닌 차원의 균열에서 만들어진 찌꺼기 같은 것이니까.

하지만 마족은 엄연히 신이 인정한 종족이고.]

'흐음…….'

그의 말에 카릴은 고개를 끄덕였다.

'처음에 인류는 타락의 출처를 알 수 없어 마족의 수하라고 생각했으니까. 그들과 관련이 없다면 오히려 다행이군.'

[하지만 마족들의 음흉함이란 어떨지 모르니 조심해야지. 마도 시대엔 없던 마굴이 있는 것도 이상하고 말이야. 이곳은 오히려 타락보다 마족과 관련이 있을 수도 있으니까.]

'그렇군.'

마계와 인간계가 연결된 마도 시대를 살았던 알른 자비우스가 아니었다면 암흑력에 대한 것도 알지 못했을지 모른다.

[과거에는 인간계 말고도 마족의 마계, 네피림의 천계 그리고 마계보다 더 밑바닥에 있는 악마계까지 있었으니까.]

그러나 현재의 대륙은 인간계를 제외한 모든 계(界)가 닫힌 상태였다.

유일하게 연결되어 있는 정령계도 그 힘이 미약해서 정령사들은 아주 극소수만이 중급 정령을 소환할 수 있는 수준이었으니까.

'좀 더 조사를 할 필요가 있다는 말이군.'

[맞아. 이건 나도 알지 못하는 변화니까. 좀 더 주의를 두도록 하지.]

알른의 말에 카릴은 고개를 끄덕였다.

"우아, 카릴 님. 여기 속성석들이 널려 있는데요?"

두 사람의 대화를 끊은 건 미하일이었다. 마굴의 안으로 들어가던 중 유난히 밝은 장소가 있었다.

미하일이 가리킨 벽면엔 여러 색의 빛을 뿜어내는 광물들이 박혀 있었다.

"그건 삼방석영이라고 하는 광물이야. 속성석이 아니다. 특이하게 광물인데도 식물처럼 마굴의 벽에서 자라지."

카릴은 살짝 웃으며 말했다.

"저게 다 속성석이었으면 아마 대륙은 북부보다 남부가 더 발전했을걸?"

"하긴……."

에이단은 눈을 동그랗게 뜨며 빛을 띠고 있는 광물을 바라봤다.

"신기하네요. 쓸모는 없을까요? 이대로 버려지기 아까운데요. 가공해서 귀족들의 귀금속으로 만들어도 잘 팔릴 거 같습니다."

미하일과 달리 현실적인 생각에 카릴은 대답했다.

"말 그대로 귀금속으로 만들 수는 있겠지만…… 지금 황궁의 귀부인들에게 인기 있는 건 금붙이나 금강석을 깎은 것들이니까. 어떨지 모르지."

"으음……."

"게다가 석영은 약해서 세공하는 것도 어렵다. 드워프나 노움이 아니면 힘들 테니."

"그럼 어렵겠군요. 드워프는 자존심이 세고 노움은 노움국이 멸망했으니 만나는 것도 쉽지 않으니까."

에이단은 아쉬운 듯 입맛을 다셨다.

'석영은 나중에 꼭 필요하다. 지금 쓸데없이 귀족들의 사치품으로 쓸 수 없지.'

카릴은 그런 그를 바라보며 생각했다.

'파렐 안에는 석영으로 만든 무기에만 타격을 입는 괴물들도 있으니까. 그대로 잘 보존해야지.'

그는 대륙 전쟁 그 이후의 역사를 알고 있다.

신탁이 내려지리라는 것.

그렇기 때문에 남부를 얻는 이유는 제국과의 대륙 전쟁을 준비하는 것이 단순히 권좌(權座)에 오르기 위함이 아닌 동시에 신탁을 준비하는 과정이었다.

그중 하나가 바로 마굴 속의 석영.

이 광물은 오직 휴지기의 마굴에서는 얻을 수 없기에 주로 남부에서만 얻을 수 있기 때문이다.

[뭐? 노움국이 멸망해?]

두 사람의 대화를 듣던 알른 자비우스가 깜짝 놀란 듯 물었다.

[마도 시대 500년 역사 동안 수많은 전쟁이 있었고 수차례 차원 간의 싸움도 있었지만 쥐새끼처럼 땅속에서 요리조리 잘 도망치던 종족들이 무슨 연유로?]

'멸망한 이유는 모른다. 제국이 세워지기 이전에 사라졌으니까. 단지 알려진 역사에는 악마들에 의해 멸망했다고만 하더군.'

[허허…… 악마들은 차원계에서도 가장 밑바닥에 있어 모습을 드러내지도 않는데 어쩌다…… 이상하군.]

알른은 낮은 목소리로 중얼거렸다.

'뭐, 그래도 완전히 멸망한 것은 아니야. 노움국의 핏줄은 아직 살아 있으니까. 게다가 아는 노움도 있고. 부활할지도 모르지.'

카릴은 타투르에 있는 칼립손을 떠올리며 생각했다. 그는 준비가 되는 대로 카릴이 말해줬던 곳을 갈 거라고 했다.

'그를 필두로 노움국이 부활할 수 있다면 석영뿐만 아니라 신탁에 필요한 물품들의 공급이 원활해질 수 있다.'

노움국까지 신경을 쓸 순 없지만 카릴은 칼립손이라면 자신의 기대를 저버리지 않으리라 여겼다.

그때였다.

쉬이이익---!!

"……!!"

카릴이 걸음을 멈추고 급작스럽게 얼음 발톱을 뽑아 있는 힘껏 횡으로 허공을 갈랐다.

카앙-!!

놀랍게도 아무것도 없는 듯 보였던 어둠 속에서 단단한 뭔가가 부딪히는 소리가 들렸다.

그와 동시에 카릴의 발아래로 둥근 뭔가가 떨어졌다. 경사진 바닥을 따라 떨어진 그것이 굴러 미하일의 발에 부딪혔다.

"……!!"

미하일은 반사적으로 뒤로 물러섰다. 잘려 나간 몬스터의 머리가 몇 바퀴 더 구르다가 멈추었다.

갑충의 것처럼 생긴 눈동자가 없는 커다란 눈과 반질거리는 피부, 그리고 이빨은 마치 개미의 턱처럼 양쪽으로 낫 모양으로 나 있었다.

생전 처음 보는 괴상한 모습이었다.

"아직 안 끝났어."

카릴의 말에 두 사람은 황급히 앞을 바라보며 무기를 들었다.

[크륵…….]

어둠 속에서 들려오는 으르렁거림에 여유 있었던 분위기는 온데간데없이 사라졌다.

"나타난 건가?"

에이단은 품 안에서 날카로운 단검을 꺼냈다.

"……."

긴장해서 말을 하지 못하는 걸까.

어째서인지 검을 거두지 않은 채 카릴은 바닥에 떨어진 괴물의 머리를 바라보고 있었다.

'뭐지, 이 녀석은?'

카릴은 전생에도 석영을 얻기 위해 쌍두수리의 둥지를 공략한 적이 있었다.

그 당시의 멤버에 비한다면 한없이 초라한 구성이었지만 그 대신 그는 이곳의 지도와 몬스터의 리스폰 위치, 그리고 쌍두수리의 약점까지 잘 알고 있었기에 충분히 승산이 있다고 생각했다.

완벽하게 마굴을 숙지하고 있기에 카릴은 이곳에 생성되는 몬스터의 종류 역시 당연히 알고 있었다.

'왜 이런 곳에 있는 거야?'

그런데 처음이다. 마굴뿐만 아니라 파렐에서까지.

카릴은 한 번도 본 적이 없는 괴물의 모습에 긴장한 얼굴로 앞을 바라봤다.

[저놈, 마계의 생물이다.]

그 순간, 알른 자비우스가 말을 했다.

'마계? 알고 있는 녀석이야?'

카릴의 물음에 알른 자비우스가 고개를 끄덕였다.

[아그마(Agma).]

당연한 일이지만 처음 듣는 이름에 카릴은 그의 설명을 기다렸다.

쌍두수리를 제외하고 이곳에서 가장 강력한 몬스터는 기껏해야 트롤 정도였다. 그런데 생각지도 못한 마계 생물의 등장에 카릴조차도 어리둥절할 따름이었다.

[몇 번 사냥을 한 적은 있었지. 마도 시대엔 각 차원의 게이

트가 모두 열려 이따금 마계나 천계의 족속들이 인간계로 넘어왔었거든.]

쿵-

단단한 발걸음 소리가 들렸다.

[크륵…… 크르륵……]

두 발로 서서 단단한 갑옷을 두른 것 같은 모습은 마치 기사처럼 보였지만 자세히 보면 머리로 보이는 곳엔 아무것도 없었다.

[자세히 봐라. 유사 인간이 아니다. 그냥 단순한 갑충의 하나지. 마계 땅 밑에 사는 벌레 같은 놈이다.]

알른 자비우스의 설명에 카릴은 인간처럼 생긴 마물이 벌레처럼 다니는 모습을 상상했다.

"……."

썩 유쾌하지 않은 환상에 카릴은 고개를 저었다. 그 짧은 사이에 재생이라도 된 듯 조금 전 잘려 나갔음에도 불구하고 녀석의 머리는 온전하게 돋아나 있었다.

아니, 저게 머리가 아니지만.

철컥-

들고 있는 무기도 범상치 않았다.

정말 기사의 창처럼 기다란 외뿔 형태의 무기를 쥐고 반대 팔에는 커다란 카이트 실드를 잡고 있었다.

단지 무기와 방어구 모두 갈색빛이 도는 것이 두 팔과 하나로 이어져 있다는 게 다른 점이었다.

[크르르르…….]

반인반괴의 녀석은 이빨을 드리우며 카릴 일행을 노려보듯 날카로운 목소리로 울었다.

"확실히 저걸 보니 인간이 아니군."

카릴은 아그마의 열린 가슴팍에서 붉은 이빨이 튀어나오는 걸 보며 기가 차듯 말했다.

"무슨 이유인지는 모르겠지만 발견한 이상 그냥 둘 순 없지. 저 안에 쌍두수리의 목도 필요하고."

그는 가볍게 눈짓을 주었다.

굳이 설명을 하지 않아도 그게 무엇을 의미하는지 잘 알고 있기에 미하일은 후방으로 에이단은 중위를 지키며 대형을 만들었다.

'대륙의 몬스터로 따지면 어느 정도가 되지?'

[글쎄. 오우거 정도가 녀석하고 힘이 비슷하려나? 게다가 저 번들거리는 갑각. 저거 마법을 반감시키는 능력이 있다.]

알른 자비우스의 설명에 카릴은 인상을 찡그렸다.

거기까지였다. 동굴 안을 걸어 나온 아그마는 더 이상 기다려주지 않았다.

콰아앙---!!

콰강--!!

날카로운 굉음과 함께 마굴 안이 울렸다.

튕겨 나가듯 카릴의 몸이 휘청거렸다.

"큭?!"

녀석의 창을 막은 얼음 발톱의 날에서 새하얀 증기가 솟구쳐 올랐다.

[크르르르……]

숨을 토해내자 검은 껍질 안의 얼굴에서 유황이라도 머금은 것처럼 매캐한 열기가 느껴졌다.

"저, 저게 뭐야?!"

난생처음 보는 괴물에 놀란 것은 두 사람도 마찬가지였다.

[잘되지 않았느냐.]

하지만 긴장한 그들과 달리 알른 자비우스는 나른한 목소리로 말했다.

[혈맥을 뚫는 것은 시간이 걸리는 일이다. 현재로써는 단숨에 네 마력을 증강시키기는 어려운 일이니 아직은 강해지기 위해선 검에 중점을 둬야겠지.]

그러고는 천천히 눈앞의 괴물을 가리키며 말했다.

[네 입으로 말하지 않았느냐. 마도 검술에 실전이 필요하다고. 저 녀석이야말로 아주 좋은 상대 아닌가?]

[크르르륵……!!]

마치, 알른 자비우스의 말을 들기라도 한 것처럼 으르렁거렸다.

"그렇군."

카릴은 검을 쥔 손에 힘을 주었다.

어느새 그의 얼굴은 조금 전 긴장감이라곤 온데간데없이 사라져 있었다. 그런 그를 바라보며 알른은 그럴 줄 알았다는 듯 낮게 웃었다.

스르릉-

마굴 안에서 얼음 발톱의 날이 울리는 소리가 날카롭게 들렸다.

'저게 회색교장에서 얻었다는 유물인가? 잘도 영주의 눈을 피해서 가져왔네.'

에이단은 카릴의 검을 바라보며 생각했다.

'이번엔 마법을 쓸 수 있는 걸 볼 수 있을까? 경연 때에도 제대로 쓰지 않았으니까.'

그는 타투르에서 카릴이 큐란과 싸우는 모습을 봤었다. 그의 검술 실력은 잘 알고 있었다. 하지만 그렇기 때문에 더 의아한 것이다.

'익스퍼트 경연은 어쨌든 마법사의 반열에 든 사람들만이 출전할 수 있는 경기다.'

베릴 남작의 추천장에 대해서는 알지 못하는 에이단은 정말로 카릴의 마력이 익스퍼트 경연에 참가할 수 있는 수준인가가 항상 궁금했다.

'정말로 마법사의 반열에 오를 정도의 마력을 가졌다면……'

게다가 자신이 봤던 그의 검술 경지.

'소드 마스터(Sword Master)의 실력이라 해도 과언이 아니다.'

에이단은 떨리는 눈으로 그를 바라봤다.

파앗---!!

하지만 그런 그의 생각은 신경 쓰지 않는 듯 카릴은 아그마를 향해 튀어 나가듯 몸을 움직였다.

[잘 들어. 지금까지 네가 무색기검을 펼쳤던 곳은 내가 만든 가상의 공간이었다. 그곳은 육체의 한계보다는 상상력에 좀 더 무게가 실리지. 그렇기 때문에 실제로 기검을 펼치는 것과 다를 수 있다.]

카아앙---!!

카강---!!

알른은 아그마의 창을 튕겨내는 카릴에게 주의를 주었다. 그의 말을 들으며 묵묵히 카릴은 아그마에 집중했다.

"이거…… 끼어들 틈이 없네."

미하일은 아그마와 카릴의 싸움을 보며 낮게 중얼거렸다. 경연에서의 모습을 봐왔지만 그건 마치 장난이었다는 듯 완전히 다른 방식의 전투에 그는 넋을 놓고 바라봤다.

얼마 되지는 않지만 나름 교도 용병단에 들어와 훈련을 했던 그였다. 하지만 카릴의 검은 눈으로 좇는 것조차 버거운 느낌이었다.

콰가가가가각……!!

검날이 바닥을 가르는 소리가 터져 나왔다. 사방에서 쉴 새 없이 쇄도하는 카릴의 검격에도 불구하고 아그마는 들고 있는 방패로 교묘하게 그의 공격을 흘렸다.

'몬스터가 아니라 사람하고 싸우는 기분이군.'

카릴은 자신의 검이 종이 한 장 차이로 비껴가는 것을 느끼며 예리한 눈빛을 빛냈다.

'그럼······.'

하지만 오히려 공격을 피하는 그 모습에 그는 살짝 입꼬리를 올렸다.

알른 자비우스의 말대로 자신의 마도 검술을 마음 편하게 펼칠 수 있는 상대였으니까.

"흡······!!"

카릴이 검을 고쳐 잡으면서 자신의 허리 안쪽으로 얼음 발톱을 잡아당겼다.

무색기검(無色氣劍) 2식.

그대로 위로 들어 올려 아래로 내려찍자 육중한 무게가 실린 공격이 녀석의 방패 위로 떨어졌다.

콰아아앙----!!

아그마의 몸이 휘청거렸다.

1식의 기초를 성취하고 나면 얻을 수 있는 제2식은 무색기검의 검식 중에서도 칼네레가 가장 공을 들인 것이었다.

카릴조차도 나머지와 달리 처음부터 끝까지 손을 볼 필요가 없다고 여긴 유일한 검식이었다.

순간, 근육이 뒤틀리는 괴상한 소리가 들렸다.

"······!!"

힘이 실린 공격이었음에도 불구하고 카릴의 검은 괴물의 방패를 뚫지 못했다.

그뿐만이 아니라 조금 전 괴상한 소리와 함께 아그마가 들고 있는 원뿔형의 창날이 마치 꽈배기처럼 나선으로 꼬이기 시작했다.

[조심해!!]

알른 자비우스의 경고와 동시에 기다렸다는 듯 아그마의 창이 일직선으로 날아갔다.

콰가가가가······!!

콰가각······!!

시커먼 흙먼지와 함께 엄청난 굉음이 터져 나왔다.

"카릴 님!!"

솟구친 먼지 때문에 시야에서 사라진 카릴의 이름을 다급하게 부르며 미하일이 마력을 모았다. 그의 양손에서 바람이 일더니 뿌연 연기가 소용돌이를 치며 모이기 시작했다.

"······!!"

미하일의 마법에 기류가 변하면서 빨려 들어가는 먼지 사이로 보이는 카릴의 모습.

"후······!!"

참았던 숨을 토해내는 소리가 먼지 사이로 들려왔다. 고개를 돌린 순간 미하일의 눈에 카릴의 어깨에 붉은 피가 흘러내리는 것이 들어왔다.

아그마의 창을 아슬아슬하게 피했지만 풍압이 그의 살을 찢어버린 것이다.

"조심하세요!!"

카릴의 뒤에 서 있는 아그마가 당장에라도 그를 덮치려는 듯 창을 위에서 아래로 겨누었다.

미하일이 큰소리로 외치고 에이단은 황급히 자신의 단검을 고쳐 쥐고 녀석을 떼어놓기 위해 달렸다.

그 순간.

"괜찮아."

카릴의 담담한 목소리가 울렸고 그의 머리 위에 서 있던 아그마가 움직이는 것보다 더 빠르게, 너무 빨라서 마치 서 있는 것처럼 느껴질 정도의 아주 미세한 움직임이 일었다.

서걱-

얼음 발톱이 기묘하게 꺾였다.

찰나의 순간 손잡이를 쥐고 있던 카릴의 손목이 움직였고 그것을 눈치챈 건 그나마 에이단뿐이었다.

'뭐지……?'

하지만 아주 작은 움직임이었기에 그조차 그저 손목이 움직였다는 것만을 보고 그 끝의 얼음 발톱의 날이 아그마의 목에 박혔다는 것을 인지하지 못했다.

검의 다섯 자세(Five Sword Step).

2번째 외뿔 자세(Unicorn Posture).

툭-

목을 관통하는 검날을 비틀자 녀석의 투구가 바닥으로 떨어졌다.

하지만 그게 끝이 아니다.

녀석의 입이 달린 가슴이 진짜 머리였으니까.

쇄도하는 검날의 기세를 그대로 이어받으며 카릴은 다시 한 번 검을 움직였다.

[케에에엑……!!]

검의 자세에서 이어지는 무색기검의 검식이 펼쳐지자 녀석은 피하지 못한 채 괴상한 비명과 함께 그대로 몸이 잘려 나갔다.

츠으으윽……!

마치 잿가루가 흩날리듯, 갑각 안에 있는 살들이 공기에 닿자마자 시커멓게 변했다.

"후우……."

카릴은 낮은 숨을 토해내며 쓰러진 아그마를 바라보며 검을 집어넣었다.

[방금…… 그건 뭐지?]

알른 자비우스는 눈을 동그랗게 뜨며 카릴에게 물었다. 육체가 없는 영체임에도 불구하고 그의 얼굴에서 놀람이 가득 묻어나 있었다.

'당신이 알려준 무색기검의 2번째 검식이었잖아.'

[아니, 아니. 그전에. 요상하게 잡고 이리저리 위아래로 흔든 그것 말이야……!]

알른 자비우스는 참지 못하고 그만 따지듯이 그에게 소리쳤다.

'……설명을 좀 제대로 하지? 이상하게 들리잖아.'

[그, 그건. 시끄럽고 어쨌든 그거 말이야. 도대체 뭘 한 거지?]

카릴의 말에 살짝 당황한 기색이 보였지만 알른 자비우스는 이내 곧 재촉하듯 물었다.

'별것 아니다. 탑 안에서 내가 만든 다섯 자세 중 하나야. 환영 공간에서 무색기검을 배우면서 연계기로 사용하면 좋을 것 같다는 생각이 들었거든.'

그의 물음에 카릴은 대수롭지 않은 듯 어깨를 가볍게 씰룩거리며 말했다.

'게다가 원래는 이렇게 빨리 가능할 거라곤 생각 못 했는데……. 환영 공간에서의 수련 덕분에 혈맥을 뚫진 못했지만 대신에 두 번째 스텝까지도 쓸 수 있게 됐거든.'

그는 만족스러운 표정을 지었다.

과거로 돌아오기 위해 탑 안에서 수많은 몬스터를 베면서 익힌 다섯 가지의 검식.

평범한 사람의 눈에는 그저 기본자세로 보이겠지만 그 안에는 셀 수 없을 정도로 변화무쌍한 검식들이 파생될 수 있었다.

[다섯 가지의 자세라고……?]

알른 자비우스는 비록 검술을 쓸 순 없어도 영체라는 특수

한 형태로 인해 평범한 인간보다 검의 움직임을 명확하게 볼
수 있었다.

그렇기 때문에 그는 그 작은 차이를 볼 수 있었다.

'너무 그렇게 놀라지 마. 무색기검 역시 좋은 검술이니까. 난
7인의 원로회를 무시한 적 없다. 게다가 두 번째 자세와 상성
이 맞는걸.'

[……]

카릴의 말에도 알른은 아무런 말을 하지 않았다.

[그 검술을 네가 만든 거라고?]

'그래. 탑을 오르는 동안 베었던 몬스터들의 피로 만들어진
거지.'

다시는 경험하고 싶지 않은 고독한 경험이다. 그의 씁쓸한
표정에서 그게 얼마나 힘든 일이었는가를 잘 알 수 있었다.

'셀 수도 없을 만큼 검을 휘둘렀을 때, 불현듯 또 다른 경지
가 보이더군. 운명의 장난이라면 장난일까. 그 안에서의 시간
은 끔찍했지만 덕분에 얻은 것도 있으니 말이야.'

[그렇군.]

알른은 고개를 끄덕이고는 다시 한번 되물었다.

[네가 창안한 검술이란 말이지……]

'그렇다니까.'

자신이 못 미더워서 자꾸 묻는 건가 하는 생각이 들어서일
까. 카릴은 자꾸만 되묻는 알른에게 살짝 인상을 찡그리며 대

답했다.

'그건 그렇고 이 녀석에게 쓸 만한 것들이 있는지나 얘기해 줘.'

[……알겠다.]

생명이 빠져나가자 아그마의 모습은 마치 바람 빠진 풍선처럼 흐물흐물했다.

"미하일, 코브 마을에 살았으면 해체 작업도 할 줄 알겠지?"

"네. 능숙하지는 않지만 그럭저럭 기본기는 알고 있습니다. 그런데 제가 고향을 말씀드린 적이 있었나요?"

카릴은 미하일의 물음에 가볍게 웃으며 아그마의 시체를 가리켰다.

"이 녀석의 살과 갑각을 따로 분리해 줘. 갑각을 재료로 쓰면 반마법의 힘을 가진 방어구를 만들 수 있으니까."

"오호? 그렇습니까?"

미하일은 그의 말에 살짝 눈을 동그랗게 뜨며 시체를 바라봤다. 반마법의 힘을 가진 방어구는 부르는 게 값이라고 할 정도로 고가의 물건이었다.

특히, 만들기도 어렵지만 재료도 희귀해서 귀족들의 상징으로 치부되기도 했다.

효과의 강도를 떠나 단순히 반마법의 방어구라는 타이틀만 붙어도 돈 많은 귀족들이 눈에 불을 켜고 사려고 했으니 말이다.

'물론, 그딴 녀석들이 쓸 물건은 아니지.'

카릴은 갑각을 바라보며 생각했다.

"지금 당장 들고 갈 순 없으니까 갑각을 떼어내고 나면 표식을 해서 땅에 바로 묻어두고 나중에 챙겨가도록 한다."

"알겠습니다."

"그리고 잘라낸 살은 먹을 수 없으니 버리고 대신 심장 안쪽에 딱딱한 돌덩이 같은 게 있을 거다. 그건 잘 발라서 보관하도록 해. 마법 무구에 쓰이는 재료니까."

"마법 무구요?"

"응. 손질을 하기 어렵긴 하지만 잘 벼르면 마법사들의 아티펙트를 만들 수 있다고 하더…… 아니, 만들 수 있다."

"와…… 이거 시체 하나가 완전 보물창고네요. 반마법 방어구에 아티펙트까지."

미하일은 그의 말에 입맛을 다셨다. 그러고는 고개를 끄덕이며 말했다.

"카릴 님은 모르시는 게 없으시네요. 일단 해체 작업부터 하도록 하겠습니다. 시간이 좀 걸릴 것 같으니까요."

"좋아."

그의 대답에 카릴은 고개를 끄덕이면서 낮은 한숨을 내쉬었다.

사실, 알른 자비우스의 말을 대신 이어서 얘기하고 있을 뿐이었던 그였기에 자칫 말실수할 뻔했던 자신의 느슨함을 탓했다.

'좀 더 주의해야겠군. 아직은 익숙하지 않으니 말이야.'

평상시 같았다면 이런 그의 실수를 놀렸을 알른이었지만 어쩐 일인지 그는 더 이상 아무 말도 하지 않고 입을 다물었다.

그런 그를 대수롭지 않게 생각하던 카릴은 조금 전 아그마에게 당한 어깨를 만지며 말했다.

　"들어온 지 얼마 되지 않았지만 미하일이 해체하는 동안 잠깐 쉬도록 하지."

　"네."

　에이단은 카릴의 말에 재빨리 몸을 움직였다.

　쿠웅-

　구덩이를 판 곳에 뜯어낸 두꺼운 갑각을 집어넣고 흙을 덮고 나자 미하일은 맺힌 땀을 닦아냈다.

　"이제 끝났나?"

　기다리던 에이단은 가볍게 기지개를 켜면서 말했다.

　"좀 도와주지 그랬어요?"

　"용병 혼자서 이 정도도 못 하면 안 되지."

　"……저도 이제 마법 쪽이거든요."

　"그렇다고 소속이 교도 용병단에서 마법회로 바뀌는 건 아니잖아?"

　"끄응."

　미하일은 에이단의 농담에 아쉬운 듯 입맛을 다셨다.

　"출발하지. 아직 가야 할 길이 멀다."

"넵."

"알겠습니다."

어깨에 붕대를 감은 카릴은 몇 번 더 움직여 보더니 괜찮은 듯 고개를 끄덕이며 자리에서 일어섰다.

'생각지 못하게 시간을 지체했군. 마굴에 오래 있는 건 좋지 않아. 독기가 있으니까.'

전생에는 그 정체가 암흑력이라는 것을 몰랐지만 적어도 마굴 속의 독기가 육체에 어떤 영향을 끼쳤는지는 잘 알았다.

'12시간 안으로 이곳을 공략하고 돌아간다.'

카릴은 마음을 결정한 듯 조금 더 발걸음을 재촉했다.

'뭐 해? 안 오고.'

[아무것도 아니다.]

카릴이 뒤에서 가만히 멈춰 있는 알른 자비우스를 힐끔 돌아보며 말했다. 나머지 두 사람의 눈에는 보이지 않는 그였기 때문에 티가 나게 행동할 수는 없었다.

'아까부터 계속 말이 없고. 뭔가 문제라도 있나?'

[아니야. 자, 어서 가도록 하지.]

'흐음.'

카릴은 알른의 말에 다시 고개를 돌려 걷기 시작했다.

[······.]

하지만 생각에 잠긴 듯 보였던 알른은 동굴 안으로 들어가는 카릴의 뒷모습을 바라보며 낮은 목소리로 중얼거렸다.

[아무리 생각해도 네가 만들었다는 그 검식…….]

그 순간, 그는 잠시 머뭇거렸다.

끝내 입 밖으로 말을 내지 못하고 생각했다.

'분명 어디선가 본 적이 있는 것 같단 말이야.'

[몸은 어떠냐.]

'뭐, 그럭저럭? 어깨 부상은 심각한 건 아니야.'

[부상에 대한 것이 아니다. 전에도 말했지만 네 혈맥은 아직 마력혈을 받아들일 수 있을 만큼 여유가 있는 상태가 아니다.]

알른은 마치 손주를 바라보는 할아버지처럼 낮은 한숨을 내쉬면서 말했다.

[그럼에도 네게 칼네레의 마도검술을 알려준 이유는 네가 차고 있는 탐욕의 팔찌와 함께 일정량의 마력을 계속해서 방출을 해줘야 육체의 성장이 가능하기 때문이야.]

'알고 있어. 전에도 설명했던 거잖아.'

그는 카릴의 대답에 머리를 쥐어박고 싶은 표정으로 말했다.

[이놈아, 그건 네가 마도 검술만 썼을 때를 산정해서 했던 얘기라고. 뭐? 검의 자세? 그런 식으로 몸을 급격하게 움직이는 걸 쓴다면 마력이 흐트러진단 말이다. 그렇게 되면 혈맥을 뚫는 과정도…….]

'그것도 알고 있어.'

[뭐?]

'걱정해 주는 건 고맙지만 나도 절대로 무리하려는 건 아냐. 검의 자세가 아니었으면 녀석을 잡는 데 더 시간이 걸렸을 테고 팔찌로 버틸 수 있는 시간도 줄어들었겠지. 그래서 내린 결정이었어.'

[……네 녀석의 검술을 마도 검술과 함께 써보고 싶어서 그런 게 아니고?]

'뭐, 그런 것도 없지 않은 건 사실이지. 솔직히 궁금했거든.'

[하여간…….]

카릴은 알른의 말에 가볍게 웃었다.

'그 뒤로는 쉽게 오고 있으니까. 충분히 회복되었어. 그리고 내 혈맥의 상태는 당신이 봐주고 있으니까. 걱정 없어.'

[흥…….]

카릴의 말대로 마굴의 안으로 들어오면서 몇 차례의 몬스터들과 조우했지만 아그마에 비한다면 녀석들은 그다지 어려운 상대가 아니었다.

게다가 생각 외로 미하일과 에이단의 합이 잘 맞아 두 사람의 연계가 쓸 만했다.

'우연이겠지만 두 사람 모두 풍 계열의 마력을 가지고 있어서 상성도 좋다. 나름대로 용병 활동을 했던 미하일이 근접 공격이 가능한 에이단의 보조를 잘 맞춰주거든.'

경연의 보상을 받은 마법서를 익힐 만큼의 수준은 되지 않았지만 미하일은 3클래스의 벽을 허물고 난 뒤로 눈에 띄게 성장했다.

'알른 자비우스가 알려준 수련법을 빠지지 않고 하던 게 효과를 보는군.'

그에 비해 에이단의 실력은 타투르에서 봤을 때와 크게 달라지지 않았다.

이렇다 할 스승이 있었던 것도 아니거니와 의심을 받고 있다는 것을 알기에 신분을 감추기 위해서라도 더더욱 훈련과는 동떨어진 생활을 했기 때문이다.

'조금만 더 수련하면 에이단과 호각을 다툴 수 있을 만큼 성장하겠어.'

카릴은 그의 뒷모습을 바라보며 생각했다.

'풍 계열은 배우기 어려운 대신에 제대로 활용만 하면 가장 범용성이 뛰어난 마법이다. 만일에 하나 에이단이 내 밑으로 들어오지 않는다면 그의 대응책으로 미하일을 두는 게 좋겠군.'

에이단은 아직 자신의 사람이 아니다.

그렇다고 하더라도 올리번과의 연결 고리였기 때문에 함부로 버릴 수도 없는 카드였다.

자칫 잘못하면 애물단지가 되어버릴 존재였지만 활용하기에 따라서는 무궁무진한 조커이기도 했다.

'전생에 그가 만든 단체인 유성도 그렇지만 그것보다 더 중

요한 건 동방국.'

그곳은 과거에도 제대로 알려지지 않은 미지의 섬이었으며 그곳 출신의 사람들은 저마다 특이한 능력을 가지고 있었다.

'에이단을 통해서 그들을 얻을 수 있다면 대륙 전쟁에서 최소한의 피해로 승리할 수 있을 테니까.'

미래의 에이단을 알고 있는 카릴에겐 미숙해 보이겠지만 그는 지금도 훌륭한 암살자였다.

'수뇌부들을 정리할 수 있다면 나머지는 저절로 흡수되게 마련이지. 지금은 비록 적이더라도 몇 년만 지나도 모두 소중한 병력들이니까 말이야.'

카릴은 생각했다. 남부를 자신의 손으로 넣을 때쯤엔 에이단과의 사이도 결정이 날 것이라고.

"왜 그러십니까?"

자신을 바라보는 시선을 느낀 걸까. 에이단이 카릴을 향해 물었다.

"아냐. 아무것도."

카릴은 가볍게 웃으며 고개를 돌리고선 말했다.

"도착한 것 같군."

몇 시간을 걸쳐 도착한 마굴의 끝.

기묘한 어둠의 일렁거림을 바라보며 그는 낮은 목소리로 말했다.

"쌍두수리의 공략에 대해서 말하겠다. 잘 들어."

그의 말에 두 사람은 긴장된 얼굴로 카릴을 바라봤다.

"별로 어렵지 않을 거야. 오히려 입구에서 만났던 아그마란 놈이 더 까다롭다면 까다롭겠지."

마치, 쌍두수리를 상대해 본 것처럼 말하는 카릴을 바라보며 두 사람은 살짝 의문이 들었다.

하지만 아그마와의 일전을 직접 눈으로 목격했기 때문에 한편으로는 긴장이 되고 다른 한편으로는 안정이 되기도 했다.

'카릴 님이 있다면 뭐…… 문제없겠군.'

'괴물이 괴물을 잡는 건가. 눈치껏 뒤에서 보조만 해주면 될 것 같으니까.'

비록 부상을 입긴 했지만 그건 경미했고 더 까다로운 상대를 이긴 경험이 있다는 것은 마굴의 보스를 사냥하는데 충분히 승산이 있다는 걸 의미했으니까.

"쌍두수리의 두 개의 머리는 각각의 속성이 다르다. 하나는 뇌 속성 나머지 한쪽은 풍 속성. 상성상 뇌 속성이 풍 속성보다 우위에 있지만 대신 우리는 에이단이라는 근접 카드가 있으니까 마법 공격이 아닌 직접 공격이 가능하지."

"네?"

카릴이 그를 바라봤다.

"쌍두수리는 근접에 취약한 몬스터거든. 앞발 대신에 날개가 있어서 공격 수단은 두 개의 머리뿐이니까."

"아니, 그게 아니고……."

"두 개의 머리 중에 한쪽이 잘리면 녀석의 마력이 증가하면서 남은 머리의 속성력이 증가한다. 그러니 가장 먼저 뇌 속성의 머리부터 잘라내야 해. 알겠지?"

"……."

에이단은 카릴의 말에 입맛을 다시면서 뭐라 대답을 하지 못했다.

"그럼…… 카릴 님은……."

결국 그 대신에 미하일이 '뭘 할 거냐'는 물음을 하려다가 입을 다물었다.

"아무것도 안 해."

그의 생각을 안다는 듯 카릴은 담담한 목소리로 말했다.

너무나도 아무렇지 않은 표정의 카릴에 두 사람은 의아한 표정으로 바라봤다.

"쌍두수리는 너희 둘이 잡는 거야."

"……네?"

카릴은 의미심장한 얼굴로 말했다.

"난 어깨가 아파서 말이야."

아그마의 창에 긁혔던 어깨를 주무르며 그는 아쉽다는 표정을 지었다. 두 사람이 카릴의 되지도 않는 말을 믿을 리가 없었다.

"아그마는 논외지만 어쨌든 여기까지 온 것도 모두 너희 둘이서 한 거잖아? 안 그래?"

어쩐지, 그의 입꼬리가 슬며시 올라간 것 같았다.

하지만 이내 그의 눈빛이 진지하게 변하자 두 사람은 긴장하지 않을 수 없었다.

"농담이 아니다. 이건 내가 아니라 너희 둘이 해야 한다. 그렇지 않으면 남부의 부족들이 납득하지 못할 테니까."

에이단은 말도 안 되는 일인 줄 알면서도 어쩐지 저런 눈빛을 보고 있으면 할 수밖에 없다는 생각이 드는 자신이 스스로도 이해가 가지 않았다.

카릴은 두 사람의 어깨를 가볍게 두들기며 말했다.

"믿는다."

"……어떻게 해야 하지."

"어떻게 생각해? 계획 좀 말해봐. 용병단에선 마물 사냥도 하잖아."

"마물도 마물 나름이죠. 제가 상대해 본 건 기껏해야 고블린이나 오크 정도라고요. 그것도 부대 단위로 사냥을 하는 건데."

미하일은 똬리를 틀고 날개로 얼굴을 가리고서 잠을 자고 있는 거대한 몬스터를 바라보며 울상을 지었다.

크기는 거의 성인 남성의 세 배는 될 것 같은 몸집에 날개의 깃털은 빳빳한 게 꼭 비수처럼 날카로웠다. 게다가 이따금 뱀처럼 움직이는 꼬리는 바닥을 내려칠 때마다 쿵쿵거리는 육중

한 소리를 냈다.

[무슨 꿍꿍이냐.]

알른은 당장에라도 깰 것 같은 쌍두수리와 어떻게 해야 할지 몰라 당황해하는 두 사람을 번갈아 바라보며 말했다.

'별거 아냐. 말 그대로야. 쌍두수리는 저 둘이 잡아야 해. 솔직히 남부의 부족 중에도 마굴의 보스를 잡을 만큼의 전사는 있어.'

[흐음, 우두머리는 움직이지 않는다. 뭐 그런 건가.]

카릴은 알른의 말에 대답했다.

'비슷하지. 남부는 북부와 달리 철저하게 힘의 논리로 움직이는 자들이니까. 저 둘이 잡은 쌍두수리의 시체를 보면 100% 부족의 전사들이 나에게 도전할 거거든.'

[그전까지 힘을 아끼겠다는 건 아닐 테고.]

알른 자비우스는 카릴과 영혼 계약 이후 그의 몸에 대해서 잘 알고 있었다.

고작 2개의 혈맥만이 순환하는 상황에서도 그는 소드 마스터에 근접하는 능력을 발휘하고 있었으니까. 만약 혈맥이 모두 뚫린다면 그 경지는 그조차도 상상할 수 없었다.

'일종의 계기지. 부하뿐만 아니라 리더의 능력을 보여주기 위한.'

[귀찮은 짓이군.]

'인간이 원래 그렇지. 불필요한 규율에 목을 매니까. 하지만

그 때문에 더 얻을 수 있는 것도 있고.'

남부의 전사들은 북부의 이민족들보다도 야만적이고 폭력적이다.

하지만 그렇기 때문에 순수한 강자에 끌리는 법.

'내가 비궁족을 택한 것은 그들의 궁술이 전쟁에서 필요하기 때문이지만 개인의 능력을 따진다면 탐이 나는 녀석이 따로 있지.'

카릴은 한 남자를 떠올렸다.

'투 부족의 베이칸.'

투 부족은 대초원의 부족임에도 불구하고 다른 부족들처럼 말을 타지 않았다.

바바리안(Barbarian)이라는 특수한 직업으로 오로지 자신의 두 다리로 말을 탄 기마병들을 제압하는 놀라운 육체를 가진 자들이었다.

'그 녀석만큼은 내 것으로 할 만하지.'

전생에는 신탁이 내려지기 전 제국이 남부 정벌을 시도하는 바람에 대초원의 부족들은 소수만 살아남아 디곤에 합류했었다.

'아직도 기억해. 그 당시 퇴로가 없는 협곡에서 입구를 막고 혼자 500명이 넘는 병사를 도끼로 찍어버린 녀석의 힘은 이런 곳에서 썩기는 아까워.'

[500명? 괴물 같은 놈이군. 대지 마법이라도 쓰는 놈인가. 체력 하나는 끝내주는데.]

알른은 고개를 끄덕이며 말했다.

[그 야만인을 노리고 있었군? 영악한 녀석.]

'뭐, 가능하다면 말이지. 어쨌든 그러기 위해서라도 두 사람이 쌍두수리를 잡아야 한다.'

카릴은 팔짱을 낀 채로 앞을 바라봤다.

[크르르르르…….]

단잠을 깨운 것에 화가 난 듯 마굴의 안쪽에 웅크리고 있던 쌍두수리가 날카롭게 울기 시작했다.

미하일과 에이단은 긴장이 역력한 얼굴로 쌍두수리의 주변을 돌며 기회를 엿보고 있었다.

[쌍두수리는 A급 마물 중 하나. 둥지 안이라 거리를 벌리는 게 어려워 둘에게도 불리하지만 활공을 할 수 있는 대초원으로 나가 버리면 녀석은 S급에 상응하는 마물이 된다.]

알른 자비우스는 기억을 즐기는 듯한 목소리로 말했다.

[과연 네 부하들이 얼마나 하는지 지켜봐야겠군.]

놀리는 듯한 그의 말에도 불구하고 카릴은 오히려 코웃음을 치며 말했다.

'걱정 안 해. 저 녀석들은 누구보다 내가 잘 알거든.'

콰아아아아앙----!!

굉음과 함께 마굴의 바닥이 떨리기 시작했다.

"으아아아!!!"

"조심해!!"

두 사람의 비명과 외침이 뒤엉키기 시작했다.

쌍두수리의 포효가 돌풍을 일으키며 마굴의 안을 엉망으로 만들었다.

[괜찮겠냐, 저거.]

"……."

알른 자비우스는 팔짱을 낀 채로 고개를 까닥거렸다.

자신만만하게 말했지만 전투가 시작되자 카릴은 자신도 모르게 얼음 발톱의 손잡이를 잡고 있는 자신을 발견했다.

여차하면 검을 뽑을 준비.

하지만 뽑는 순간 자신의 계획이 물거품이 된다는 것도 잘 알았다.

'내가 아는 건 몇 년 뒤의 너희들이지만 자질이란 결코 갑자기 만들어지는 게 아니다. 잡아라. 그럼 너희 둘은 전생보다 한 발자국 더 빠르게 강해질 수 있을 테니.'

그것이, 마굴에 들어온 또 하나의 이유였기 때문이다.

"아무리 봐도 우리 대장은 우리를 도와줄 생각이 없는 것 같은데……."

"그럼 둘이서 해봐야죠."

"제길……."

에이단은 뒤를 힐끔 곁눈질로 바라보면서 쓴웃음을 내뱉었다.

'어쩌다 내가 마굴 소탕까지 하게 된 건지. 주크가 들으면 놀라 기절할 일이군.'

카릴을 따라온 것이 처음은 단순한 호기심과 의심에서 시
작된 일이었으나 어느새 자신의 예상을 뛰어넘어 그의 생각대
로 움직이고 있었다.

　'일단은······.'

　자신의 실력을 시험하는 것처럼 팔짱을 끼고 보고 있는 그
를 보며 에이단은 단검을 고쳐 쥐고 생각했다.

　'할 수밖에 없겠지.'

　에이단이 고개를 돌리며 말했다.

　"미하일."

　"네?"

　"칼날 바람을 몇 번까지 쓸 수 있지?"

　쌍두수리와 거리를 유지하면서 미하일은 그의 물음에 긴장
된 모습으로 대답했다.

　"5번까지지만 그렇게 되면 마력 고갈로 완전히 몸을 움직일
수 없으니 실질적으론 4번이 한계라고 볼 수밖에······."

　"4번이라······."

　에이단은 입술을 깨물었다.

　[어이, 저거 정말 괜찮은 거야? 아무리 봐도 저 둘로는 무린데.]

　알른 자비우스는 불안한 듯 말했다.

　하지만 카릴은 에이단의 모습을 바라보며 눈빛을 빛냈다.

　'시작하는군.'

　비록 지금의 실력은 전생보다 뒤떨어질 수는 있지만 적어도

한 가지 변하지 않은 것이 있다.

그건 바로 습관이다.

'여전하군. 녀석이 입술을 깨문다는 건 진심이 되었다는 증거니까. 더 이상 실력을 감추는 게 무의미하다고 생각한 것일지도 모르지.'

어느 쪽이 되었든 중요한 것은 에이단의 현재 실력을 제대로 확인할 수 있다는 것이다.

'너에게 거는 기대가 크다. 네가 어떻게 해주느냐에 따라 남부를 장악하는 난이도가 달라질 테니까.'

벌써 3클래스에 도달한 미하일의 재능은 뛰어나지만 마법을 시작한 시간이 너무 짧았다.

'마법사로서 실전 경험이 전무하다고 봐도 틀리지 않는 그와 함께 싸우려면 네가 1.5인분을 해줘야 한다.'

카릴은 자세를 잡는 에이단을 바라봤다.

'어디 보여봐. 대륙 최고의 암살자인 네가 결코 미하일의 재능에 뒤떨어질 리가 없으니까.'

파아앗---!!

마치, 그의 생각을 읽기라도 한 것처럼 에이단의 모습이 흐릿하게 사라졌다.

"……!!"

바로 옆에 있던 미하일은 그를 찾지 못한 채 어리둥절하게 주위를 훑었다.

탁…… 타다닥……!!

벽을 밟고 달리는 에이단이 쌍두수리의 영역 안으로 질주하며 허리를 굽혔다.

파앙-!!

손을 펼쳐 복사뼈를 쓸다시피 스치자 그의 양쪽 다리에서 희미한 하늘색의 빛이 일었다 사라졌다.

'저건…….'

풍 계열의 보조 마법 중 하나인 윙 스텝(Wing Step).

시전자의 움직임을 극대화시켜 주는 2클래스 마법이지만 오히려 너무 빨라져 반발력을 제어하지 못하는 것이 대부분이라 사장(死藏)된 마법이었다. 같은 속성을 쓰는 미하일도 익히는 것을 포기한 마법이기도 했다.

하지만 체력적으로 약한 마법사들에겐 어려운 윙 스텝이 에이단에겐 특기 중 하나였다.

"미하일!! 내가 녀석의 머리를 유인할 거야. 내 지시대로 마법을 시전해!"

순식간에 거리를 좁혀 쌍두수리의 머리 위에 나타난 그가 소리쳤다.

"네…… 넵!!"

그의 외침에 미하일은 황급히 스태프를 잡아 마력을 끌어올렸다.

"보조 가속(Auxiliary Acceleration)!"

쌍두수리의 머리 위에서 아슬아슬하게 녀석의 부리를 피하면서 에이단이 외쳤다. 미하일의 스태프가 빛을 발하면서 그의 주위에 빛 방울들이 모이기 시작했다.

"그다음은 이글 아이(Eagle Eye)!"

"넵!!"

이미 머릿속에 마법 영창의 시간을 그리고 있는 듯 에이단은 쌍두수리에 집중하면서도 미하일의 마법이 끝남과 동시에 다음 단계의 마법을 알렸다.

"헤이스트(Haste)가 끝나면 마지막으로 마력 충격(Mana Impact)!! 절대로 영창이 끊어지면 안 돼!!"

"알겠습니다!"

쉴 틈 없이 이어지는 그의 주문에도 불구하고 미하일은 곧잘 마법을 이어 연계했다.

[호오…… 저 방방 뛰는 애송이. 제법인데.]

알른 자비우스는 에이단을 바라보며 흥미롭다는 듯 입맛을 다시며 말했다.

[그냥 시종이라고 생각했는데 실전 마법에 대해서 제법 잘 아는걸. 방금 이어서 영창한 4개의 보조 마법이 딱 칼날 바람 한 번의 마력을 소모하는 것이거든.]

'그래?'

[게다가 연결 영창이 마력 소모에 도움이 된다는 것도 알고 있는 것도 신기하지만, 그보다 놀라운 것은 보조 마법의 상성

이다.]

'상성?'

카릴은 알른을 바라봤다.

[그래. 언젠가 너에게도 알려주려고 생각하긴 했지만 말도 안 되는 마력량을 가지고 있는 너에겐 큰 의미가 없는 것이거든.]

'그게 뭐지?'

[지금 네가 몸에 걸고 있는 보조 마법들 있잖느냐. 스트랭스(Strength), 헤이스트(Haste), 덱스(Dex), 이글 아이(Eagle Eye) 게다가 팔다리에 무게를 늘리는 웨이트(Weight)까지 많이도 걸고 있군. 대마법사라도 365일 24시간 내내 걸고 있다가는 탈진할 수도 있는 일인데 말이야.]

알른의 말에 카릴은 가볍게 웃으며 어깨를 으쓱했다.

[어쨌든 마법이란 하급의 것이라 할지라도 서로 간의 상성이라는 것이 있다. 헤이스트와 덱스는 어떤 면에서 비슷한 효과를 가진 부분도 있기 때문에 두 개를 모두 걸고 있는 건 마력 손실이지.]

'그렇군.'

[인간의 마력은 한정되어 있으니까.]

카릴은 용의 심장을 먹은 자신에게는 해당이 되지 않는 일이라는 알른의 말을 이해할 수 있었다.

[그런 의미에서 단 한 번의 마법을 쓰기 전에 어떻게 하면 가장 효율적이며 동급의 마법이라 할지라도 위력을 높일 수 있는

가를 고민하게 되지.]

에이단이 가장 먼저 미하일에게 명했던 1클래스 보조 마법인 보조 가속(Auxiliary Acceleration)은 마법사들이라면 필수적으로 익히는 마법이었다.

마법의 시전 속도를 증가시켜 주는 것. 가장 먼저 이 마법을 시전한 이유는 나머지의 보조 마법을 끊기지 않게 사용하도록 하기 위함이었다.

[노련한 마법사라면 다르겠지만 초짜들은 까먹기 쉬운 마법이지.]

카릴은 알른의 말에 고개를 끄덕였다.

[마력을 쏟아붓고 높은 클래스의 마법을 사용하는 것만이 강한 마법사가 되는 게 아닌데. 녀석들은 그걸 모르는 거지.]

알른은 설명을 이어갔다.

[게다가 쌍두수리와 같은 빠른 움직임을 보여주는 괴물에게 마법을 정확하게 맞추기 위해선 반응 속도를 올리는 헤이스트와 이글 아이가 필수적이다.]

'……'

[마지막으로 마법의 범위는 작아지지만 대신에 마법의 위력을 높여주는 마력 충격까지. 그런데 버프를 건 순서가 다르다면 각 마법의 유지 시간이 엉망이 된다.]

'그렇군.'

[한마디로 말해서 저 녀석, 마력은 낮아도 웬만한 마법사들

보다 보조계통에 대해서는 정통하다고 할 수 있지. 생각해 봐. 마법 경연에서 저걸 쓰는 녀석이 있던가?]

'으흠……'

카릴은 알른의 말에 고개를 끄덕였다.

익스퍼트 경연에 나온 마법사들은 적어도 마법사의 반열에 오른 4클래스 유저들이었다. 하지만 마법 경연의 출전자들을 비밀리에 처리해 버린 카릴으로서는 그들이 대회에 그 마법을 쓸지는 알 수 없었다.

그러나 대회가 아닌 전장에서 그는 누구보다 많은 마법사의 전투를 봐왔다.

'없군.'

[거봐. 쓸데없는 자존심만 높아서 말이야. 무턱대고 강한 마법만이 최고라고 생각하는 머저리보다 저 녀석이 낫군.]

카릴은 알른 자비우스의 말에 자신도 모르게 가슴이 뜨거운 기분이 들었다.

'세리카, 네가 정립하려 했던 전투마법사의 개념이 저땐 존재했나 보군.'

마도 시대의 마법사, 그것도 가장 강한 대마법사가 저리 말하니 지금에 와서 마법이 얼마나 퇴보를 한 것인가를 보여주는 증거였다.

스스로도 제대로 활용하지 못하면서 오로지 마력의 유무만으로 이단을 결정짓는 제국인들. 답답할 정도로 무지했다.

그렇기 때문에 신탁이 내려지고 타락과의 전투 전에 그들의 생각을 깨뜨리는 것이 가장 중요했다.

'그 방법이 제국이 이단이라 여기는 남부와 북부의 힘을 쓰는 것.'

캉……! 카캉……!!

카카카캉……!!

요란한 소리와 함께 에이단의 단검이 쌍두수리의 왼쪽 머리를 날카롭게 찍었다.

촤아아악---!!

붉은 피가 분수처럼 쏟아지면서 벌어진 상처에 정확히 미하일의 칼날 바람이 꽂혔다.

[크에에에에엑……!!]

"좋았어!!"

쌍두수리의 비명을 들으면서도 에이단은 공격의 끈을 놓지 않았다.

"마력이 전이된다! 집중해!"

"아, 네넵!!"

두 사람의 모습을 보니 경험의 차이가 여실히 보였다. 공격이 성공하자 집중력이 흐트러진 미하일과 달리 에이단은 시종일관 같은 모습을 유지했다.

[생긴 것과 다르게 마법 전투를 잘 알고 있는 놈이야. 정체가 뭐야?]

카릴은 그의 말에 피식 웃었다.

'당신 말대로 모르긴 몰라도 보조 마법만큼은 뛰어난 녀석이지. 어때? 미하일과 함께 에이단도 키워볼 생각은 없어?'

약간의 기대감을 가지며 카릴이 물었지만 알른은 가차 없이 고개를 저었다.

[미하일과 태생적인 신체가 달라. 저 녀석은 아무리 해도 4클래스의 벽을 넘지 못한다. 차라리 네가 단련을 시키는 게 옳다.]

'그래? 대마법사도 어떻게 할 수 없는 일인가 보군.'

[흥…… 마력이 모두 만능은 아니니까. 굳이 방법이라면 저녀석에게 맞는 최상급 속성석을 먹이는 거겠지. 8각석이라면 벽을 뚫을 수 있겠지만 쉽게 구할 수 있는 게 아니지.]

'하긴…… 풍 계열은 구하기 쉬운 게 아니지. 한두 개 정도는 구할 수 있겠지만…….'

아무렇지 않게 말하는 카릴을 보며 알른 자비우스는 어처구니없다는 표정을 지었다.

'당신 말대로 에이단에게 그걸 줘야 할지는 좀 고민해 봐야할 일이겠어. 지금 이대로도 자기 몫은 할 녀석이니까.'

[8각석을 구할 수 있다고? 그것도 두 개나? 마도 시대에도 어려운 일을 할 수 있단 말이야? 도대체 어떻게 된 녀석이야.]

'조금 더 지켜봐야겠어. 남부에서 과연 그를 계속 쓸지 안 쓸지 그때가 돼봐야 결정이 나겠지.'

[무서운 녀석…….]

쿠우웅―

그때였다.

마굴의 안쪽 바닥이 육중한 소리와 함께 흔들렸다. 거친 숨소리와 함께 피투성이가 된 에이단이 쌍두수리의 시체 안에서 걸어 나왔다.

저벅― 저벅― 저벅―

단검의 핏물을 옷에 닦아내며 에이단은 잘라낸 쌍두수리의 반대쪽 목을 카릴에게 내밀었다.

"헉…… 헉…… 헉."

말을 뱉어낼 여력조차 없는 듯 그는 연신 숨을 몰아쉴 뿐이었다. 어쩐지 지금까지와는 다른 사람을 보는 것 같은 느낌이었다.

어눌하고 허술해 보이던 예전의 그는 온데간데없고 오직 날카롭게 갈린 비수 같은 예기를 뿜어내고 있는 에이단이 있을 뿐이었다.

"성공했군."

"네."

"성공할 거라고 생각했지만."

"……."

기뻐해야 마땅한 상황인데 어쩐지 동굴 안에 두 사람은 싸늘한 냉기가 흘렀다. 미하일은 그런 둘을 보며 어찌할 바를 몰라 안절부절못하는 모습이었다.

"어디까지 알고 계신 겁니까."

"뭘?"

"더는 못 하겠습니다. 이대로 그냥 두면 절 어디까지 부려먹을지 가늠이 안 돼서 말이죠."

카릴은 그의 말에 재밌다는 듯 입꼬리를 올렸다.

"무슨 말인지 모르겠네."

"마물의 목을 가지고 가면 분명 그들이 가만히 있지 않을 테죠. 남부의 야만족들은 오직 힘의 논리로 움직이니까."

"그래서?"

"또 붙이실 것 아닙니까. 그들의 수장의 목에 카릴 님의 검이 닿을 수 있기 전까지. 죽어라 싸워야겠죠."

"죽을 만큼은 아니야. 기껏해야 3번일 텐데."

"……아무리 생각해도 가지고 노는 기분을 감출 수 없어서 말이죠."

하지만 에이단의 눈빛엔 더 이상 자신을 감춘 가면이 무의미하다는 걸 말하고 있었다.

"그래?"

그때였다. 카릴 역시 농담조의 목소리에서 낮은 목소리로 깔아 말했다.

"그러는 넌? 지금껏 얼마나 죽였지? 어차피 똑같이 부려먹는다면 사람 죽이는 것보다 마물을 죽이는 게 더 낫지 않아?"

"네?"

카릴은 피를 뒤집어쓴 에이단의 어깨를 가볍게 두들겼다.

"피차일반이야. 네가 도망친 노예 같은 게 아니란 건 처음부터 알고 있었으니까. 네가 아직 그 녀석의 편에 있는 한 서로를 모두 아는 건 썩 좋은 일이 아니거든."

"……!!"

에이단은 소스라치게 놀랐다.

'그 녀석이 제2황제 올리번을 말하는 건가? 단순히 내가 제국 사람이라는 것 이상으로 모든 걸 알고 있다는 말인가?'

혼란스러워하는 그와는 달리 미하일은 둘의 대화가 도무지 감이 잡히지 않는 표정이었다.

카릴은 아무렇지 않은 듯 에이단과 미하일의 어깨를 가볍게 두들기며 말했다.

"그러니 조금 더 이런 관계를 즐기자고. 천천히 생각해 봐. 하지만 이왕 피를 묻힐 거라면 당당할 수 있는 쪽에 서라."

그 순간, 단단하게 굳어 있다고 생각했던 에이단의 눈동자가 흔들렸다.

"내가 그 길을 만들어줄 테니."

▶Chapter 6◀

　동방국.

　제국과 공국, 그리고 삼국 등 다양한 왕국과 이민족들이 살고 있는 대륙에서 배를 타고 동쪽으로 수십 일을 건너가야 도착할 수 있는 작은 섬.

　그곳은 마력에 관하여 대륙에서는 볼 수 없는 특이한 술법들을 볼 수 있다고 알려져 있다.

　특히, 섬의 주인이라 불리는 단체.

　암연(黯然).

　동방 섬은 가문도 성주도 없음에도 불구하고 섬의 주인은 오직 암연을 계승하는 자에게 주어진다. 일인전승(一人傳承)의 전통은 동방 섬의 명예이자 자존심이었다.

　'암연의 주인은 온갖 술법에 능통하며 소드 마스터와 대마법사에 견주어도 손색이 없다'라는 것이 세간의 평이었으나 동방 섬의 주인을 본 사람은 수십 년 동안 아무도 없었다.

에이단 하밀은 한 가지 명을 받고 섬에서 벗어나 대륙으로 오게 되었다.

'2황자인 올리번이 황제로 추대될 수 있도록 도와라.'

처음 명을 받았을 때만 하더라도 재상의 추대를 받고 있는 1황자와는 달리 이렇다 할 입지도 제대로 없는 그를 어떻게 황제로 추대할 수 있는가에 대해 에이단은 이해가 가지 않았다.

그러나 그가 동방 섬에서 비밀리에 제국에 도착했을 때 놀랍게도 대륙최강검이라 불리는 소드 마스터 크웰 맥거번이 2황자인 올리번의 편에 서겠다고 공표하는 사건이 있었다.

어떤 이유인지는 아직도 모른다.

하지만 분명한 것은 이미 섬과 황자 간의 계약이 끝났다는 것이며 자신은 그저 명령에 따라 올리번 슈테안을 보필하면 된다는 것이다.

자신은 2황자와 그 어떤 연결점도, 친분도, 충성심도 없었지만 말이다.

'암연 출신자는 그 어떤 의문도 가지지 않으며 오직 주인의 명령에 따라야 한다.'

에이단 하밀은 단 한 번도 그에 대한 의심을 하지 않았다.

어떤 소년을 만나기 전까지만 하더라도.

"……"

원초적일지 모르지만 그가 카릴에게서 느끼는 가장 큰 고민은 우습게도 카릴이란 사람 그 자체였다.

'동방 섬은 제국과 상관없지만 어쨌든 올리번 슈테안을 지지하기로 결정을 내렸다. 그건 곧 주인께서 생각하시길 그 역시 충분히 가치 있는 자라는 의미.'

에이단은 마차에 실은 잘린 쌍두수리의 머리에 아무렇지 않게 기대어 눈을 감고 있는 카릴을 물끄러미 바라봤다.

'아직 피가 마르지도 않은 머리 위에서 잘도 태연하게 잔다니까.'

대담하다고 해야 할지 무덤덤하다고 해야 할지…….

도무지 12살의 꼬마라고는 상상이 가지 않는 그의 행동에 에이단은 때론 카릴의 나이를 잊게 되는 기분이었다.

'나는…… 어째서 자꾸 실수를 반복하는 거지.'

그는 이마를 짚었다.

"하아……."

오랜만에 피를 봐서일까.

마굴에서 쌍두수리의 목을 베고 난 뒤 뭔가 기억이 나간 사람처럼 자신의 신분을 망각한 채 카릴에게 따지듯 말해 버렸다.

'지금까지도 눈 가리고 아웅 하는 식이었다지만 이렇게 되어 버리면 이제 그마저도 물 건너갔군.'

카릴은 이미 자신이 동방국 출신이라는 것을 알고서 미하일에게 마력변형을 가르치라고 했으니까.

'주크…… 그녀의 정체까지 그럼 알고 있을까.'

모르긴 몰라도 타투르의 여관에서 아주 잠깐 느꼈던 살기를 생각하면 장담할 수 없었다.

'미치겠군…….'

타투르를 떠난 뒤부터 여태 한 번도 그녀에게 소식을 전하지 않았다. 지금쯤이면 더 이상 자신의 보고를 기다리지 않고 그녀 역시 독자적으로 움직일 것이다.

'어쩌면 나에 대한 보고까지 들어갔을지도 모르겠군.'

"왜 그러십니까? 마굴에서 나오고 난 뒤부터 안색이 안 좋아 보이세요."

마차 안의 침묵이 싫은 듯 미하일이 마부석에 함께 앉아 있는 그에게 말을 건넸다.

"미하일."

"네?"

"넌 나를 어떻게 생각하지?"

"그게 무슨……?"

"그냥. 교도 용병단에서 지금까지 네가 본 내가 어떤가 해서. 평범했나?"

에이단은 스스로도 우스꽝스러운 질문이라고 생각했다. 하지만 의외로 진지하게 미하일은 고민을 하는 듯 말했다.

"평범하지 않죠. 솔직히 카릴 님도 대단하지만 제게 있어 마법 스승이라고 할 수 있는 사람은 에이단 씨인 걸요."

"뭐? 내가 왜?"

"마력변형을 가르쳐 주신 것도 그렇고…… 풍 마법을 익힐 때 이해하기 어려운 공식들도 도와주셨잖아요."

'……그건 네가 알려주지 않은 부분까지 알아서 깨우쳐 익혀 버린 거잖아. 게다가 마법 공식이야 며칠만 지나도 이해했을걸.'

에이단은 진실을 말하고 싶었지만 꾹 참았다.

"그런데 이번에 마굴에서 싸우는 걸 보니 마법뿐만 아니라 검술도 엄청난 걸 알았으니까요."

미하일은 담담한 목소리로 말했다.

"게다가 카릴 님하고 같이 계신 분이 평범할 리가 없다는 느낌이랄까요? 솔직히 마굴에서 싸우는 모습을 보고 역시나 하고 생각했어요."

"……그런가."

에이단은 너무나도 당연하게 말하는 미하일의 모습에 지금껏 자신의 실력을 숨기려고 했던 것이 오히려 우습게 생각되었다.

"에라이."

그는 고삐를 미하일에게 넘기면서 마부석의 등받이에 기대었다.

"나도 모르겠다."

"네?"

"아냐. 아무것도."

이제 와서 구태여 이런 고민을 할 필요가 있는 것인지 이유를 찾는 것조차 우스운 기분이었다.

스르륵-

그때였다. 마부석 뒤에 천막이 걷히자 에이단은 흠칫 놀라며 뒤를 바라봤다.

"이, 일어나셨습니까?"

눈을 비비며 피곤한 듯 기지개를 키는 카릴은 고개를 끄덕이며 주위를 바라봤다.

"도착했군."

저 멀리 보이는 천막들.

"네?"

눈이 좋은 에이단조차 눈에 들어오는 것은 드넓은 지평선일 뿐이었다.

"보이는 게 아냐. 위치를 아는 것일 뿐."

"그렇군요."

에이단은 이제 포기한 듯 고개를 끄덕였다.

[끈질긴 녀석…… 마차 안에서까지 환영 공간을 만들어서 수련하는 놈이 어디 있냐?]

카릴은 귓가에 들리는 알른의 목소리에 가볍게 웃고 말았다.

'마굴에서 둘의 모습을 보니 나도 모르게 피가 끓었나 보지. 갈 길이 멀어.'

"으흠."

그는 저 멀리 주시하며 나지막하게 말했다.

"대초원의 주인을 가릴 회담의 장소."

투⒥ 부족의 마을, 아탕카.

쿵-

"……."

사람들의 시선이 쌍두수리의 머리로 쏠렸다. 카릴은 수군거리는 그들의 웅성거림을 즐기는 듯 팔짱을 낀 채로 말했다.

"당신이 족장인 투난인가."

말과는 달리 카릴은 마치 오래된 친우를 부르는 것 같이 친근하게 말했다.

"이건 부족을 방문하기 위한 선물이다."

"건방지고 무례한 선물이로군."

미하일과 에이단은 긴장된 얼굴로 두 사람의 대화를 들었다.

'단장님을 보는 것 같은 느낌이네.'

'마을 사람들도 하나같이 고수. 육체의 능력만 봐서는 암연의 수제자들에 버금갈 정도야.'

부족의 입구에서부터 막사 안쪽까지 자신들을 바라보던 사람들에게서 느껴지는 위압감.

하지만 그 위압감을 우습게 짓눌러 버릴 정도로 족장에게

서 풍기는 아우라는 차원이 달랐다.

"흐음."

구릿빛을 넘어 새카맣게 탄 피부와 터질 것 같은 근육, 그리고 부리부리한 눈매는 당장에라도 자리를 박차고 일어나 세 사람을 집어삼키러 올 것 같았다.

꿀꺽-

두 사람은 자신도 모르게 족장의 말 한 마디 한 마디에 마른침을 삼켰다.

"마음에 드는군."

그러나 그들의 걱정과 달리 쌍두수리의 잘린 목에서 눈알을 뽑아내며 씨익 웃었다.

와드득.

커다란 눈알을 그대로 씹어 먹자 미하일은 차마 똑바로 보지 못하겠다는 듯 헛구역질을 하며 고개를 돌렸다.

"마굴의 주인은 대초원의 부족들도 건드리지 않는 것인데 이걸 잡은 용사가 누구지?"

"지금 당신을 보고 토하고 있는 저 녀석."

"뭐? 나랑 장난하나?"

"설마. 여기까지 와서 미쳤다고 거짓말을 하겠어. 아니면 당신들이 자랑하는 전사들도 하지 못한 일을 저기 비실거리는 녀석이 해서 기분이 나쁜가?"

"우읍…… 비실이라뇨."

족장은 못마땅한 눈으로 미하일을 바라봤다.

"우리가 마굴을 건드리지 않는 것은 하지 못해서가 아니라 안 하는 것이다."

"그건 모르지. 대초원의 4부족 중에 그 누구도 마굴을 소탕한 적이 없으니까."

"……"

화를 돋우듯 카릴은 능숙하게 족장의 심기를 건드렸다.

'불안한데. 당장에라도 한판 붙으려는 사람 같잖아. 아무리 그래도 여긴 적진 한가운데……'

에이단은 조심스럽게 품 안에 있는 단검에 손을 가져가며 만일의 사태를 대비했다.

"소문은 들었다. 비궁족과 결탁한 제국인이 있다고. 그게 너희들이란 것을 알겠다. 지금 우리들과 붙고자 쌍두수리의 목을 가져온 것인가?"

투난의 말에 카릴은 가볍게 웃으며 나머지 한쪽 눈까지 뽑아냈다.

미하일은 그 모습에 다시금 속이 뒤집히는 느낌이었지만 이번엔 간신히 올라오는 것을 참았다.

"아니. 그건 정말 선물이다."

카릴은 아무렇지 않게 쌍두수리의 눈알을 잡은 손을 족장의 앞에 펼쳤다.

"쌍두수리가 정력에 좋다잖아. 투 부족의 족장이 영 요즘

밤에 시원찮다는 소문이 북부에까지 들려서 말이야."

"이게……!!"

그 순간, 투난의 뒤에 서 있던 호위병이 인상을 구기며 달려들려 했다.

'4부족을 통합하려는 게 아니라 다 죽여 버릴 생각으로 온 건가.'

에이단은 도무지 카릴의 생각을 읽을 수가 없었다.

그때였다.

"움직이지 마."

움찔-

카릴의 말 한마디가 떨어지자마자 조금 전 호위병이 마치 굳어버린 것처럼 멈춰섰다.

"아무리 못 배운 야만족이라도 우두머리끼리의 대화에 부하가 끼어드는 게 아니다."

스으응---

"……."

언제 뽑은 것인지 알 수 없었다.

단지 호위병의 목젖에 날카롭게 닿아 있는 얼음 발톱의 검날이 파르르 떨리고 있을 뿐이었다.

"목이 날아가기 싫으면."

온몸에 소름이 돋는 기분을 느꼈다.

그 순간, 에이단 하밀은 깨달았다.

자신이 황자의 명령을 받고 수안 하자르를 도망치게 만든 범인을 조사하기 시작한 그때부터.

카릴이 타투르의 주인이 되었을 때도.

그리고 주크 디 홀드의 만류에도 불구하고 위험을 감수하고 그의 앞에 다시 나타나 그를 따라온 것도.

모두 저것 때문이라는 것을.

'인정할 수밖에 없구나.'

에이단 하밀은 부족의 목에 아무렇지 않게 검을 겨누고 있는 그를 바라봤다.

"큭."

얼음 발톱이 지그시 남자의 어깨를 누르자 그는 카릴의 힘을 이기지 못하고 인상을 구기며 천천히 무릎을 꿇었다.

"하……!!"

부족을 향해 오던 마차 안에서 카릴을 바라보며 들었던 의문. 그리고 자신이 카릴이란 소년에게 매료되어 버렸다는 사실.

그 이유…….

태어날 때부터 명령을 수행하고 임무를 완성하도록 만들어진 자신과는 정반대의 삶.

패도의 길을 걷는 카릴의 모습.

그 모습은 언제나 웃고 있으며 자유분방한 가면 속에 감춰져 있는 자신의 굴레이자 꿈과 같은 것이었다.

"……."

쫘악-

에이단은 자신도 모르게 주먹을 쥐고 말았다.

'타투르 4인의 관리자, 교도 용병단 단장, 아조르의 영주…… 그리고 남부의 야만족까지.'

황자의 신분이 아닌 밑바닥에서 올라온 그는 단 한 번도 자신을 굽힌 적이 없었다.

평민은 평민의 삶이, 귀족은 귀족의 삶이 정해져 있고 동방섬의 살수로 태어난 자신은 오로지 사람을 죽이는 일만을 알아왔다.

'언제였지?'

그가 사람을 죽이지 않은 지가.

꿈에서라도 상상할 수 없는 자신의 모습을 너무나도 당연하게 만들어놓았다.

마치, 신이 정해놓은 운명을 거절(拒絶)하는 당당함.

"그렇군."

"네?"

미하일은 낮은 목소리로 중얼거리는 에이단을 바라봤다.

'나는……'

에이단 하밀은 태어나서 처음이자 마지막으로 절대로 담을 수 없는 생각을 하고 말았다.

그것은 자신의 운명을 바꾸게 될 다짐.

'명령이 아닌 내 의지로 주인을 정하고 싶었구나.'

"명성이 자자한 교도 용병단의 고든 파비안을 이렇게 뵙게 되다니. 실로 영광이오."

구슬이 굴러가는 듯한 경쾌한 목소리가 황궁 안에 울려 퍼졌다.

"……."

거대한 체구에서 무거운 시선이 1황자 루온을 내리깔 듯 내려다봤다.

"흠."

고든은 눈앞에 황자를 대수롭지 않다는 듯 하품을 하며 지나쳤다. 매끈한 루온의 얼굴이 사정없이 구겨졌지만 그런 그를 재상인 브린 이니크가 황급히 만류했다.

'교도 용병단의 힘은 저희들에게 무척이나 중요합니다.'

알고 있다는 듯 입맛을 다시며 루온은 고개를 끄덕였다.

어차피 한 번의 친분으로 날뛰는 괴물 같은 그들을 얻을 수 있으리라고는 생각하지 않았다.

'저까짓 녀석들이 대단해 봐야 일개 용병단. 황궁에 온 것도 원하는 게 분명 있을 터. 그걸 만족시켜 주기만 하면 돼.'

지금껏 황권의 우위는 제1황자에 있는 것은 틀림없는 일이었다. 그러나 크웰 맥거번 제2황자인 올리번의 편에 서는 순간 사태가 이상하게 흘렀다.

대륙최강검.

그 이름이 가지는 영향력은 생각보다 컸다.

'무력으로 크웰 경을 상대할 수 있는 자들 중 자유로이 움직일 수 있는 자는 결국 고든 파비안뿐.'

재상은 어째서 황제가 자신에게도 비밀로 하고 교도 용병단을 부른 것인지 궁금했지만 이번 기회를 결코 놓치면 안 된다고 생각했다.

"황도에 들린 것은 그저 황제 폐하와 수십 년간 거래를 해왔기 때문이다. 근래에 건강이 좋지 않다는 소문이 있던데 그 이유를 알겠군."

고든은 루온을 가리키며 말했다.

"제이건, 함선의 창고 안에 오우거의 피가 있지?"

"네. 아마 세 통 정도 있을 겁니다."

"한 통을 꺼내서 폐하께 드려라. 골치가 아프실 테니. 두통에도 좋지만 오래오래 사셔야 하지 않겠냐."

"알겠습니다."

그의 말에 루온은 얼굴은 더더욱 구겨졌다.

태어나서 이런 대우는 처음이었다. 게다가 장소도 자신의 터전이 아닌 황궁 한가운데에서 버젓이 자신을 무시했으니까.

"허허…… 단장께선 여전하시외다."

그때였다. 복도의 끝에서 들리는 낮은 목소리.

왜소한 체구에 로브를 입고 있는 한 노인이 천천히 걸어와 그에게 가볍게 인사했다.

"궁정마법사 카딘 경이로군. 아직 신에게 가지 않는 걸 보니 내가 전에 드린 드레이크의 뇌수가 잘 맞나 보군."

고든은 피식 웃으며 그에게 말했다.

"그거 사실 정력에도 좋은데. 좀 아깝게 되었어."

저속한 농담에도 불구하고 카딘 루에르는 아무렇지 않게 그 말을 넘겼다.

루온 황자와 재상 브린 이니크는 지금껏 중립을 지켜온 궁정마법사의 등장에 긴장하지 않을 수 없었다.

'뭐지? 아조르에 간다던 양반이 언제 돌아온 거야. 귀신같이 소문을 듣고 이동 마법이라도 쓴 건가. 이래서 마법사들은……'

재상의 눈을 흘긴 카딘은 덥수룩하게 자란 수염을 쓸어내리며 말했다.

"클클…… 뇌수는 마법 연구를 위해 잘 썼소이다. 황궁에 온 것이 얼마 만이오. 차나 한잔하는 게 어떻소."

"차는 개뿔. 술이라면 모를까. 하지만 여기서 술을 마시면 속이 뒤집힐 것 같으니 나는 함선으로 돌아가서 마시겠어."

재상과 궁정마법사 그리고 황자까지.

단 한 명만 있어도 고개를 조아릴 수밖에 없는 신분들 앞에서도 그는 여전히 당당했다.

"카미주산 적포도주가 들어왔는데 말이오."

고든은 그의 말에 입맛을 다셨다.

"그거 맛있지. 내 함선으로 몇 통 보내주면 되겠군. 어차피 마법사들은 술맛도 모르니까."

다시 한번 거절.

"허허…… 알겠소. 그러지."

카딘 루에르는 이 이상은 의미가 없다는 것을 아는지 발을 뺐다. 구태여 자존심마저 버릴 필요는 없으니까.

"그 뒤에 있는 애송이는 뭐지? 새로 뽑은 제자라도 되는 건가?"

"크웰 경의 아들이오. 최근에 루레인 공국의 첩자가 제국에서 일을 벌인 사건이 있었소외다. 그때 뛰어난 기질을 보인 아이라네. 황궁에 보고를 위해 왔다가 눈에 띄어 조금 가르치고 있소."

말끔하게 생긴 외모는 마법사들이 풍기는 이미지에 어울렸지만, 고든의 눈엔 그 소년의 나이가 비록 어려 보이긴 해도 마법사를 하기엔 좀 더 날카롭게 느껴졌다.

"티렌 맥거번입니다."

'크웰의 양자로군. 그럼 그렇지.'

이름을 듣자마자 고든은 피식 웃으며 고개를 끄덕였다.

'표정을 보아하니 재상도 몰랐던 눈친데. 역시, 너구리 같은 늙은이야.'

"네 녀석이 크웰의 아들이로군. 여기저기에서 양자를 들여 벌써 수십이라던데. 그중에 한 놈인가."

"둘째입니다. 그리고 아버님께서는 여기저기에서 받아들이

시진 않습니다. 저희 형제는 모두 다섯입니다.”

“재미없는 놈이로군.”

고든은 다른 사람들과 달리 흔들림 없이 대답하는 티렌을 바라보며 입맛을 다셨다.

‘탑에 틀어박혀 마법서나 읽을 녀석은 아니겠군.’

“참, 그건 그렇고 지나가다 보니 아조르에 재밌는 소문이 있던데? 마법회 나부랭이들도 공략하지 못한 회색교장이 깨졌다면서.”

“……”

돌아선 카딘의 발걸음이 멈췄다.

‘회색교장? 7인의 원로회의 무덤이 있던 그곳 말인가. 그가 황급히 황궁을 나갔던 이유가 그거였군.’

재상은 고개를 끄덕였다.

“회색교장의 봉인이 풀린 것은 맞으나 그자 역시 아조르 마법 경연에 우승을 한 인재이외다. 아직은 자유 마법사이지만 재능이 뛰어나니 언젠가 제국을 위해 싸우게 되겠지요.”

“그런가? 그 녀석의 이름은 아나?”

“카릴이라고 하외다.”

“……!!”

그 순간, 줄곧 차분한 얼굴을 유지하던 티렌의 눈썹이 씰룩거렸다. 다른 사람은 느끼지 못했지만 그 찰나의 변화를 고든은 놓치지 않고 물었다.

"어이, 애송이. 아는 놈이냐?"

"아닙니다."

"흐음."

"그저 흔한 이름이지요. 대륙에 카릴이란 이름을 가진 사람은 많습니다."

카딘은 차분히 말했다. 그의 말에 이내 곧 평정심을 되찾은 티렌에 고든은 살짝 그를 흘겨봤다.

"뭐, 나도 재밌는 일이 있긴 했었는데…… 당신 이야기를 들으니 굳이 할 필요는 없을 것 같군."

'카릴이라…… 설마 그 꼬마 놈은 아니겠지. 녀석은 타고난 무골(武骨)에다가 마력을 쓰는 것도 익숙지 않았으니까. 고작 몇 달밖에 지나지 않았는데 마법사의 반열에? 말도 안 되는 일이지.'

고든은 궁정마법사의 입에서 카릴이란 이름이 나왔을 때 속으로 놀라지 않을 수 없었다.

"그럼, 이만."

카딘 루에르는 다시 한번 턱을 쓸며 조용히 물러서자 그의 뒤를 티렌이 따랐다.

턱-

두 사람이 사라지자 고든은 흥미롭다는 듯 팔을 들어 루온의 어깨 위에 팔을 얹었다.

"……!?"

"애송아, 용병이 어째서 용병인 줄 아느냐."

자신을 짓누르는 무게에 루온의 몸이 휘청거렸다. 무례하기 짝이 없는 행동임에도 불구하고 그를 막을 자는 없었다.

"저 늙은이 봤지? 어디에 붙는 게 이익일지 갖은 경우의 수를 다 가지고 있는 것을. 단순히 돈으로만 움직이는 게 아니다. 이익이 있어야 하는 것이지. 때론 이런 큰 판에서는 물질보다 더 큰 것 말이야."

"……"

"먹음직스러운 제안을 가져온다면 나는 제3황자의 편에도 들 수 있다. 그게 용병이다."

그는 아무렇지 않게 말했지만 그 말은 새로운 파국을 만들어 낼지도 모르는 것이었다.

황권 다툼에서 밀린 제3황자 크로멘.

고작 7살밖에 안 되는 세상 물정 모르는 아이.

하지만 나이는 중요하지 않았다. 그의 말대로 자신과 올리번의 싸움에서 뜬금없이 교도 용병단의 칼날까지 막아야 한다면, 그 피해는 엄청날 것이다.

"하하, 단장. 농담이 지나치십니다."

"글쎄. 그럴까."

재상은 고든의 말을 무마하기 위해 억지로 웃었지만 그는 재밌다는 듯 묘한 웃음을 지었다.

"황제께서 나를 부른 게 어쩌면 이 말을 하게 하기 위함일지도 모른다는 생각이 드는군. 노쇠했다 하더라도 제국을 세운 남자다."

그는 가볍게 그의 어깨를 두들기고는 말했다.

"또 보지."

두 사람은 더 이상 아무런 말을 하지 못한 채 그저 고든의 뒷모습을 바라볼 뿐이었다.

"교도 용병단의 단장님이시죠."

"오늘따라 나를 찾는 꼬마들이 굉장히 많군. 귀찮으니 예를 대할 때 가거라."

"원하시면 3황자를 먼저 만나도 괜찮습니다. 기다리겠습니다."

"……."

황궁의 끝에서 밖을 나가기 직전, 고든은 자신을 붙잡는 흥미로운 소년을 바라봤다.

나이는 12살 남짓.

복도에서 그가 했던 말을 듣기라도 한 것일까.

그렇다면 당장에라도 죽일 수도 있겠지만 그는 눈앞의 소년을 바라보며 피식 웃었다.

"네가 올리번이로군."

"반갑습니다."

"자신이 있는 모습이로군. 건방진 네 형과는 또 다른 모습이지만 너 역시 시건방지구나."

"모름지기 황제의 핏줄을 받았다면 그러한 것도 이상한 것이 아니죠. 칭찬으로 듣겠습니다."

올리번은 고든의 앞에 서 있으면서도 능숙하게 말했다.

"크하하. 제이건, 방금 들었냐. 황자님께서 아주 재미있구나."

"아, 네……."

고든과 달리 복도에서부터 언제 터질지 모르는 시한폭탄처럼 행동하는 그 때문에 부단장 제이건은 안절부절못한 채 말을 흘렸다.

"맛있는 차를 대접하겠습니다."

"미친, 난 차 따위 안 마셔. 술이라면 모를까. 하지만 궁정마법사 양반이 이미 좋은 술을 주었으니 그것이나 마시련다."

"아쉽게도 제 나이가 어려 대작(對酌)은 불가하나 아마 술보다 더 맛있으실 겁니다."

"……."

고든은 올리번을 흥미롭게 바라봤다.

'어디서 나오는 자신감이지. 서자 출신이라고 들었는데 아비의 피는 이쪽이 더 진한 것 같구나.'

흐르는 침묵.

"얼마나 맛있는지 한번 볼까."

"네?"

그 순간, 제이건은 자신의 귀를 의심했다.

그가 알기로 고든 파비안은 평생 스스로 차를 마신 적이 딱 한 번뿐이라고 알고 있었다.

바로, 현 황제 타이란 슈테안을 처음 알현했을 때.

"내 소식이 전해졌다는 건, 투 부족 이외에 다른 부족들도 이곳에 있다는 말이겠군. 어디 있지?"

카릴은 막사 안을 훑어봤다. 그러고는 마치 예상하고 있다는 듯 말했다.

"선택을 잘했어. 비궁족을 제외하고 나머지 세 부족이 이따금 회담을 여는 장소가 여기라고 들었거든."

그의 말에 라후와 리수 부족의 족장들은 얼굴이 굳어졌다.

무리들 사이에 있는 둘을 바라보며 카릴은 낮게 웃었다.

"얼굴색이 변하는 걸 보니 당신들이군. 좀 치사하지 않아? 대초원의 주인을 두고 경합을 벌이는 세 부족이 내가 왔다고 이렇게 쪼르르 이곳에 모이고 말이야."

카릴은 두 사람 중 왼쪽에 있는 남자를 가리키면서 말했다.

"물론, 라후 부족은 제외하지. 이미 권세가 경합에서 멀어졌으니까. 어디에라도 붙는 게 맞지."

"네놈……!!"

그러자 오른쪽에 있는 남자가 으르렁거리듯 무거운 중저음으로 말했다.

"아, 저쪽이 아니고 그쪽인가? 뭐…… 리수 부족도 썩 나은 상황은 아니라고 들었는데."

"손님에 대한 예우는 여기까지다. 더 이상 분란을 일으킬 거라면 썩 꺼져라. 그렇지 않으면 네 목을 막사의 지붕 위에 걸어놓을 테니. 남부인은 제국인을 반기지 않는다."

"그런 나와 비궁족은 거래를 했다."

"그놈들은 남부의 자존심을 버리고 살기 위해 대륙과 거래를 하는 놈들이다."

투난은 카릴의 말을 끊으며 소리쳤다.

우레와 같은 그의 노성에 미하일과 에이단은 자신도 모르게 몸을 움찔거렸다.

"그건 당신들도 마찬가지 아닌가? 마굴에서 나오는 마물의 시체를 팔아 연명하잖아. 내가 타투르의 주인이라는 것도 들었는지 모르겠네."

"큭……."

"암시장과 거래하는 건 비단 비궁족만이 아니야. 마물의 시체를 사는 괴상한 놈이 누가 있겠어? 제국의 정신 나간 귀족들이나 하는 짓이지."

"비궁족을 협박한 것처럼 타투르와의 거래를 가지고 우릴 협박할 생각인가?"

라후 부족의 족장이 카릴에게 물었다. 세 부족 중에 마물 사냥에 대한 기대가 가장 큰 만큼 암시장과의 거래는 절대적인 것이었다.

"남부의 자존심 운운하는 것치곤 반응이 너무 즉각적인데."

"……."

카릴의 말에 족장은 얼굴을 붉히며 고개를 돌렸지만 이미 사태의 심각성에 대해서는 충분히 보여주는 반응이었다.

"비궁족에게도 말했지만 그런 치졸한 짓으로 당신들과 거래를 할 생각은 없다. 서로 간의 신뢰가 있어야 하지 않겠어?"

"그럼?"

"남부의 부족들 중 특히나 대초원의 부족들이 가지는 가장 큰 문제점이 식량이란 걸 알고 있다."

"……."

"내게 힘을 빌려준다면 새로운 땅을 가질 수 있도록 해주겠다. 물론, 농사를 지을 수 있는 땅으로. 뿐만 아니라 농사법과 필요한 농기구들 역시."

카릴의 말에 족장은 인상을 찡그렸다.

"남부에 남아 있는 땅이 있을까? 나락 바위에 있는 5대 일가는 물론이거니와 디곤 일족을 건드리는 건 자살 행위다."

"대초원에서 가장 용맹하다는 투 부족의 족장도 두려운 게 있긴 있나 보군. 걱정 마라. 언젠가 그 둘도 정리를 하겠지만 남부인들끼리 싸우라는 의미는 아니다."

"그럼……?"

모두의 시선이 카릴에게 쏠렸다.

마치 기다렸다는 듯 그는 천천히 한 글자 한 글자에 힘을 주며 말했다.

"중앙 진출(中央 進出)."

"……!!"

그 순간 세 명의 족장의 눈이 흔들렸다.

"남부를 벗어나 위를 향해 보는 건 어때. 그렇다면 내가 너희들에게 제국이 가진 땅의 5분의 1을 주겠다. 물론, 남부의 당신들 땅 역시 그대로 유지될 것이고."

에이단은 그의 말에 자신도 모르게 무릎을 탁 치고 싶은 생각이었다.

'비궁족에겐 대초원을 주겠다고 거래를 하고 나머지 세 부족에겐 제국의 땅을 제시한다라…….'

말도 안 되는 얘기라고 할 수도 있다.

'하지만 이거야말로 명안이군.'

서로 간에 원하는 것을 충족시킬 수 있는 유일한 방법이기도 했으니까.

그리고 실제로도 그렇게 생각했다.

중앙 진출은 대초원의 부족들이라면 누구나 한 번쯤은 생각해 본 일이자 염원하는 꿈이었기 때문이다.

"제국 땅의 5분의 1을 주겠다고? 그 말은 제국을 치겠다는 말인가.”

하지만 명안임과 동시에 허무맹랑한 소리이기도 했다. 세 명의 족장들은 12살의 꼬마가 하는 소리에 쉽사리 넘어가지 않았다.

“그렇다.”

“미친…….”

“대초원이 나에게 힘을 실어준다면 그다음은 5대 일가까지도 가능하겠지.”

“디곤은?”

“그쪽은 따로 생각해 둔 것이 있지만 당신들의 대답을 듣지 않은 상황에서 얘기해 줄 수는 없을 것 같은데.”

카릴은 어깨를 으쓱하며 말했다.

“당신이 그만한 능력이 있는지 어떻게 증명할 것이지?”

“남부에 왔으면 남부의 규율을 따라야지. 당신들이 힘의 증명을 하기 위해 하는 것이 있잖아?”

그 순간, 족장을 비롯한 부족원들의 얼굴이 굳어졌다.

“대수렵(大狩獵).”

대수렵(大狩獵).

대초원의 부족들에게 내려오는 전통.

남부의 야만족들은 오직 사냥으로 그 세를 이어온 만큼 그들에게 있어서 수렵이란 큰 의미를 가진다.

누구보다 가장 강한 몬스터를 잡는 것. 그것이 그들에게 있어 용맹한 전사를 증명하는 방법이었다.

"설마 당신 지금 구릉을 토벌하겠다는 말인가."

대초원의 가장 큰 마물이라면 구릉의 주인인 샌드 서펀트뿐이었다.

크기는 성인의 3배는 되고 길이는 수십 미터에 달하는 구릉의 지배자.

"그렇다."

카릴이 고개를 끄덕이자 족장들은 낮은 탄식을 내뱉고 말았다.

"비행을 할 수 있는 능력 덕분에 다른 마굴의 주인과 달리 녀석은 굴 안에 틀어박혀 있는 것이 아니라 구릉 여기저기를 떠돌아다니지."

"……."

"때때로 구릉을 벗어나 부족을 공격할 때도 있다고 알고 있는데. 아닌가?"

사람들은 아무런 대답을 하지 않았다.

'부정할 수 없는 사실이겠지. 전생에 남부 토벌의 생존자들에게 들었던 일이니까.'

올리번이 즉위한 이후. 제국은 남부 토벌 과정에서 대초원을 얻게 되었지만 결국 마굴은 전부 소탕되지 못했다.

남부의 야만족의 저항이 강렬했던 것도 있었고 밀리아나의 디곤족이 버티고 있는 한, 무리한 병력 소모는 제국이라 할지라도 부담스러운 것이기 때문이었다.

신탁이 내려진 뒤에도 구릉은 여전히 존재했으며 샌드 서펀트는 이따금 남부 일대의 상공을 날아다녔다.

"쌍두수리를 잡은 것도 그 이유다. 대수렵에 도전하기 위해선 조건이 돼야 한다지?"

'이것도 녀석에게서 들은 거지만.'

"잘 아는군."

"너무 속 좁게 생각하지 마. 마굴 때문에 연명을 한다지만 중앙 진출을 위해서는 결국 소탕을 해야 하는 것들이지. 나머지 잔챙이들이야 상관없지만 구릉의 샌드 서펀트는 다르지."

"하지만……."

"대수렵이란 그런 거 아닌가? 누가 먼저 녀석을 잡는가. 그것이 내가 당신들에게 제안하는 방법이다."

카릴의 말에 막사 안은 침묵이 흘렀다.

'반응이 왜 저렇지?'

'구릉이란 곳이 그렇게 어려운 곳인가.'

미하일과 에이단은 낯빛이 어두워지는 그들을 의아한 듯 바라봤다. 하지만 두 사람과 달리 카릴은 그 이유를 알고 있다는 듯 묘한 표정으로 말했다.

"남부의 전사들 중 용기 있는 자가 이토록 없던가? 죽음이 두렵다면 나 혼자서 가도 좋다만."

"함부로 말하지 말게. 제국인 주제에 구릉이 어떤 곳인지 알지도 못하면서."

누군가 소리쳤다. 기다렸다는 듯 소리가 들리는 쪽을 향해 카릴이 고개를 돌려 말했다.

"누가 그러던데. 마굴을 건드리지 않는 건 하지 못해서가 아니라 안 하는 것이라고."

"……."

"대수렵은 오랜 세월 내려온 남부인의 전통임은 맞으나 당신이 제안한 중앙 진출이, 아, 물론 믿는다는 오해는 하지 말게."

"어련하시겠어."

"그것이 개인의 힘으로 되는 것도 아니고 우리가 어째서 당신의 제안에 따라야 하는지 모르겠군."

"두려운 게 아니고?"

카릴은 투 부족의 족장을 향해 말했다.

"내가 서펀트를 잡아 마굴을 붕괴시켜 돈줄이 끊길까 봐? 아니면."

그의 입꼬리가 슬며시 올라갔다.

"구릉에 있는 독지대를 뚫을 자신이 없는 건가."

미하일은 어쩐지 심한 장난을 치려는 개구쟁이 같은 그의 모습이 얄미울 정도로 당당해 보인다는 생각이 들었다.

그때였다.

"투 부족의 베이칸이다. 하는 말은 잘 들었다. 아무것도 없이 왔다면 당장에 목을 부스러뜨렸겠지만 쌍두수리의 목을 가져왔다면 네 말대로 자격이 있지."

"흐음."

"부족을 대표하여 내가 대수렵에 참가하겠다."

무리들보다 머리 하나는 더 클 것 같은, 건장하다 못해 거대한 체구의 남자가 그들을 헤치고 걸어 나왔다.

허리에 매고 있는 손도끼는 오래됐지만 날이 잘 갈려 있었고 당장에라도 그 손도끼를 뽑아 던질 기세로 말했다.

'족장도 족장이지만 저 남자는 더 대단하군. 여긴 다 괴물들만 있는 거 아냐? 단장하고 붙으면 과연……'

미하일은 자신의 옆에 서 있는 그를 우러러보며 마른침을 삼켰다.

[저놈이군. 네가 이렇게까지 말도 안 되는 억지를 부린 이유가 녀석을 끌어들이기 위함이란 걸 아무도 모르겠지.]

알른 자비우스는 팔짱을 낀 채 베이칸의 주위를 훑으며 날아올랐다.

"……."

부웅-

그 순간, 베이칸은 아무것도 없는 허공에 팔을 저었다.

[어이쿠, 깜짝이야. 뭐야? 이 녀석.]

그의 팔이 움직인 궤도가 조금 전 자신이 있던 곳이라는 걸 깨달은 알른은 어처구니없다는 표정으로 말했다.

"기분 탓인가 보군."

낮은 목소리로 중얼거리는 베이칸을 향해 알른은 이제 놀란 표정을 지었다.

[설마 내 기척을 느낀 거야? 뭐 이런 웃긴 녀석이 다 있나.]

'조심해. 야만족들은 주술에 능하니까. 마법과는 다르지만 대신에 영적인 힘에 강하지. 본능적으로 느꼈을 거야. 나락 바위의 정령을 숭배하는 것도 그 때문이고.'

[흥…… 정령 따위. 이제 사라진 지 오래인 것들에 아직도 얽매여 있다니.]

'글쎄. 남부인들 중에 몇몇은 신관보다 더 뛰어난 제령술(除靈術)을 가지고 있다니까. 신탁이 내려졌을 때 퇴마부대의 주축이 된 건 남부인들이었는걸.'

[크흠.]

알른은 그렇게 말하면서도 조금 전 고개도 돌리지 않고 정확히 자신의 위치를 알아차린 그를 힐끔 바라보더니 한 발자국 더 멀리 떨어졌다.

"체격이 좋군. 족장의 아들쯤 되는 건가?"

"그저 일개 부족원에 불과하다. 대수렵은 대초원의 부족으로서 영광스러운 위업이다. 외부인에게 더럽혀지는 것이 싫을 뿐."

카릴은 자신을 내려다보는 베이칸을 향해 씩 웃었다.

'일개 부족원이긴. 전생에 대초원의 부족들이 디곤에 흡수되었을 때 밀리아나의 오른팔이 될 만큼 대단한 녀석이 두각을 나타내지 않을 리 없지.'

"그래?"

그는 바닥에 떨어져 있는 쌍두수리의 머리를 가리키며 말했다.

"자격이 되는지 알리는 증거는?"

"이놈……!! 무례하……!"

카릴의 말에 부족원들 중 한 명이 뭐라 말을 하려다가 아차 싶은 얼굴로 입을 가렸다.

툭-

베이칸은 자신의 손목에 두르고 있던 팔찌를 풀어 카릴의 앞에 떨어뜨렸다.

"오우거의 송곳니로 만든 팔찌다."

"흐음."

카릴은 팔찌를 들어 살피면서 말했다.

"중앙에는 오우거를 맨손으로 찢어버리는 위인이 있긴 한데. 당신도 그런가?"

"훌륭한 무기를 두고 맨손으로 싸우는 것은 바보 같은 짓일 뿐. 사냥을 할 때는 전력을 다한다."

베이칸의 대답에 카릴은 팔찌를 건네며 말했다.

"그도 그렇군."

그러고는 주위를 훑었다.

"이 남자 이외에는 대수렵에 참가할 용사는 없는 것 같은데. 다른 부족들은 상관없나?"

[왜? 어차피 저 덩치를 얻기 위해 온 것 아니냐.]

알른 자비우스는 카릴의 표정을 바라보며 이해할 수 없다는 듯 되물었다.

'그냥. 약간의 호기심이랄까. 나는 미래를 알고 있지만 모든 것을 알고 있는 건 아냐. 내가 모르는 인재들이 있을 거란 얘기지.'

[지금껏 가만히 있다가 왜 이런 곳에서 그런 녀석들을 찾으려고 하는 거지?]

그의 물음에 카릴은 쓴웃음을 지었다.

'확실히…… 중앙에는 더 많겠지. 하지만 나는 아직 그곳에서의 입지가 낮아. 제국, 공국, 삼국 그리고 아조르 등 대규모 국가들은 이미 권력 체계가 확실하게 잡혀 있으니까.'

[그건 남부도 마찬가지 아닌가? 부족이라고는 하지만 어쨌든 족장이 있으니까.]

'조금 달라. 조건만 맞는다면 일단 전통을 따라야 하는 것이 그들의 사명이라 생각하거든. 외지인인 내가 대수렵을 제안했을 때에도 수락하잖아?'

[흐음…….]

'왕권 하나 바꾸기 위해 물고 뜯고 하는 제국을 봐. 그에 비하면 밑바닥이라도 실력만 있다면 정상으로의 판도를 뒤집을 수 있는 가능성이 있는 곳이 바로 우리들이지.'

[내 눈엔 그냥 이민족의 자존심으로 보이는군.]

'뭐, 그렇게 생각할 수도 있고.'

생각지도 못하게 오랜 시간을 그와 대화를 나눈 그는 자신을 바라보는 부족들의 시선을 향해 대답을 기다렸다.

"우리들은 투 부족의 결과에 따르겠소."

"이쪽 역시."

"흐음, 여전히 재미없는 양반들이로군."

카릴은 남은 두 족장을 바라보며 들리지 않을 정도로 낮은 목소리로 중얼거렸다.

"……"

하지만 그 순간, 암살자인 에이단만은 그의 목소리를 어렴풋이 알아차릴 수 있었다.

'이상한걸. 애초에 그들의 반응을 예상하고 있었던 것 같은 얼굴인데.'

"좋소. 그럼 나머지는 나와 저 친구가 결정을 하면 되겠군. 수렵의 날짜는 언제가 좋지?"

"상관없다."

"자신감이 있어서 좋군. 준비되는 대로 통보하지."

카릴은 두 사람을 향해 손짓했다.

그의 뒤를 따르며 막사 밖을 나가는 세 사람을 바라보며 부족들은 갑자기 찾아온 소란에 할 말을 잃은 듯했다.

"베이칸 님, 어째서 대수렵을 받아들이신 겁니까? 남부인도 아닌 중앙 놈들 때문에 이런 일을……!"

"쌍두수리의 머리를 가져온 이상 그들은 어엿한 도전자다.

응하는 것이 당연하다."

"진짜 저들이 마굴을 공략했는지 증거도 없잖습니까."

"그럼 너희가 그 둘과 싸워보겠나."

"……."

세 사람이 떠난 뒤, 베이칸의 한마디에 막사에 모인 사람들은 아무런 말도 하지 못했다.

"잘된 일입니다. 구릉은 언젠가는 토벌을 해야 하는 곳이라 생각했으니까요. 중앙 진출. 허무맹랑한 꼬마의 입에서 나왔지만 단지 시기의 차이일 뿐 저희가 준비해 왔던 계획과 크게 다르지 않습니다."

"흐음……."

그의 말에 족장은 낮은 탄식을 했다.

"언제까지 마물을 사냥하는 것으로 살 수는 없습니다. 어쩌면 그 아이를 이용할 수 있을지도 모릅니다."

"자신 있느냐."

투난 족장이 그에게 물었다.

그러자 그는 대답 대신 고개를 끄덕였다.

막사 밖.

두꺼운 천막에 가려 아무런 소리도 들리지 않았지만 팔짱을 낀 채로 기둥에 기대어 있던 카릴은 낮게 웃었다.

'그래. 내 생각대로였군. 남부의 야만족들이 원래 중앙을 노리고 있었다는 것. 단지 그들이 예상보다 훨씬 빠르게 제국이 공국과 삼국을 통일해 버렸기에 실패로 돌아갔지만.'

카릴은 쓴웃음을 지었다. 그들이 실패한 이유가 바로 자신 때문이다. 그가 있었기에 제국은 공국과 삼국을 무너뜨리고 더 나아가 남부까지 진출했으니까.

흐름을 알고 있었기 때문에 카릴은 대책 없어 보이는 제안 도 성공할 수 있다는 확신이 있었다.

'그랬던 내가 이번엔 남부의 편에 서 있으니……'

카릴은 쓴웃음을 지었다.

[이젠 별의별 귀찮은 일까지 시키는군.]

들려오는 목소리에 그가 고개를 들었다.

'죽어서 좋은 게 뭐 있겠어. 이런 데에서라도 쓸모가 있어야지.'

[이놈이…….]

막사 안에 몸을 반쯤 담가놓은 상태로 알른은 어처구니없 다는 듯 카릴을 바라봤다.

한때 대마법사였던 그가 막사 안 야만족들의 대화나 훔쳐 듣고 전해주는 신세가 되었으니 말이다.

카릴은 고개를 돌렸다.

'어쨌든 오랜만인걸……'

[전생에도 토벌되지 않은 곳이라면서 마치 그리운 것처럼 말 하는구나.]

'아아, 물론. 그립지. 아주 그리운 녀석이 있는 곳이라서 말

이야.'

[음?]

그 순간, 카릴은 묘한 웃음을 지었다.

"두레뱀의 독인가. 사냥용으로 쓸 만하지만 서펀트의 비늘을 뚫기엔 약할 것 같은데."

"……"

"서펀트는 일반적인 사냥법과는 달라. 뱀 같이 유연하면서 송곳니의 힘은 드래곤에 필적하다고 할 정도로 세니까. 하지만 무엇보다 가장 큰 문제는 그런 걸 다 뚫고 들어가도 갑주 같은 비늘을 벗기지 못하면 무의미하지."

툭-

베이칸은 정비를 하던 화살을 내려놓고 고개를 들어 말했다.

"수다스러운 꼬마로군."

그의 말에 카릴은 어깨를 으쓱하며 웃었다.

"목표가 무엇이든 사냥법은 달라지지 않는다. 할 수 있는 것을 최선을 다해 행할 뿐."

"뭐, 이왕이면 구릉에 나올 때 가져올 시체는 하나면 좋을 것 같아서 그러는 거니까."

[어쩐지 들뜬 것 같다. 저 덩치를 보고 변태같이 좋아하는

것 아니겠지?]

'시끄러워.'

[전생의 기억을 돌이켜봐도 여자라고는 하나 없던 것 같은데 설마 그쪽 취향은 아니길 바란다.]

'……내 기억을 다 알지도 못하잖아.'

[뻔하지. 중요한 기억일수록 남아 있는 힘이 강하거든. 한마디로 내가 본 단편적인 너의 기억들은 네 인생에 있어 가장 강렬한 것이라는 말이지.]

카릴은 알른 자비우스의 말에 굳은 얼굴로 말했다.

'일부러 감춘 것일지도 모르지.'

[행여나.]

하지만 딱딱한 그의 모습과 달리 알른은 마치 놀리듯 그에게 말했다.

'그저 신경 쓰지 않고 뒤를 맡길 수 있는 사람과 함께 싸우는 게 오랜만이라서 그런 것뿐이다.'

에이단과 미하일 역시 뛰어났지만 그들의 실력은 아직 한 발자국 부족한 게 사실이었다.

토벌 경험이 적은 미하일과 경험은 많지만 대상이 몬스터가 아닌 인간이란 점에서 에이단 역시 사냥에 있어서는 불안한 요소였다.

[쌍두수리를 잡을 때 보니 이제 꽤 쓸 만하겠던데.]

'워낙 재능이 있는 녀석들이니까.'

카릴은 묵묵히 무구를 점검하는 그를 바라보며 낮게 웃었다.

'하지만 그가 싸우는 걸 보면 그 생각이 달라질걸.'

[음······?]

알른 자비우스는 이해가 가지 않는다는 듯 고개를 갸웃거렸다.

퍼억---!!

콰아앙-!! 콰가강-!!!

연달아 폭음이 터져 나오고 사방으로 부서진 바위들이 튕겨 나오며 바닥을 굴렀다.

쿠우웅······ 파직!!

부서진 바위들을 집어 들어 그대로 위에서 아래로 찍어 누르자 쓰러진 몬스터의 머리가 사정없이 짓눌렸다.

두꺼운 갑각이 부서지면서 터져 나오는 뇌수.

"흡!!"

머리가 산산조각이 났음에도 불구하고 신경이 완전히 끊어지지 않은 듯 몬스터의 다리가 날뛰듯 움직였다.

베이칸은 아무렇지 않은 듯 짧게 호흡을 들이마시며 있는 힘껏 녀석의 배를 짓밟았다.

[네가 했던 말이 이해가 되는군. 저놈은 차원이 달라.]

알른 자비우스는 어이없다는 표정으로 베이칸을 바라보며 카릴에게 말했다.

'그렇지?'

베이칸의 주변엔 말 그대로 터져 나간 몬스터의 시체가 즐비했다. 못해도 3~40마리는 될 것 같은 시체의 산.

구릉으로 들어가는 협곡의 입구에 있던 몬스터들이 일제히 그를 노렸지만, 결과는 지금 보는 대로였다.

[어떻게 저렇게 싸울 수 있지? 마력도 없는 자가 말이야. 저건 정말 순수한 힘이잖아.]

'500명이 넘는 병사를 혼자서 쓸어버린 남자야. 저 정도는 약과지.'

[숫자가 중요한 게 아니야. 지금의 너라도 500명은커녕 1천 명이라도 쓸어버리는 게 문제는 아니잖나. 내가 의아한 것은 저렇게 싸우고도 지치지도 않았다는 거야.]

쩍-!! 쩌적……!!

베이칸은 몬스터의 시체에서 등껍질을 뜯어내며 카릴을 향해 말했다.

"잠시 기다려 줄 수 있나. 이 녀석들의 핵은 중요한 거래 물품 중 하나인데, 바로 손질을 하지 않으면 쓸 수가 없거든. 재료만 발라놓고 신호를 보내면 부족원들이 수거할 것이다."

"편할 대로. 어차피 구릉에 들어가기 전에 휴식을 취하려고 했으니까. 뭐, 그쪽이 다 잡아서 몸을 쓸 일도 없었지만."

카릴은 베이칸의 말에 손을 저으며 말했다.

그의 허락이 떨어지자 베이칸은 능숙한 솜씨로 몬스터들을 해체하기 시작했다.

[저런 육체 능력은 마도 시대에도 보기 드문데…… 신기하군.]

'마력이 없어도 강할 수 있지. 너무 신기해하는 거 아냐? 마도 시대에도 마력이 없는 자는 있었잖아?'

[물론이다. 너희는 그걸 이민족이나 야만족이라고 부르며 나누고 있지만 말이야. 그 시절엔 모두가 함께 살았지만.]

'어째서 북부와 남부의 사람들만 마력이 없이 태어나는 걸까.'

[글쎄. 마력이 없다는 게 딱히 이상한 일이 아니지 않아? 너는 마력 없이 강한 걸 내가 놀라워한다고 생각하는데, 달라. 지금의 황제가 이단이다 뭐다 하지만 마력은 신이 부여한 축복 따위가 아니니까.]

알른은 팔짱을 낀 채로 말했다.

[그저 자연 현상 중 하나일 뿐. 세계를 구성하는 수많은 요소 중 하나를 인간이 빌려 쓰는 것에 불과한 것이니까. 그렇다면 저주, 정령, 주술…… 이단이라고 불릴 만한 것들은 잔뜩 있지.]

'그도 그렇군.'

카릴은 옅은 미소를 지으며 고개를 끄덕였다.

천 년 전에는 대수롭지 않은 일이 지금은 대륙을 나누고 전쟁의 빌미를 제공하고 있었으니까.

[마력이 없는 자들은 때때로 다른 쪽에서 강한 자질을 갖게 마

련이거든. 너의 검술이 어쩌면 그 예 중의 하나일지도 모르지.]

'내 검술은 내 노력의 결과물이야. 신 따위가 준 게 아냐.'

[크크…… 하여간 자존심은. 하여튼 그런 거다. 나는 마도의 길을 걸었던 사람이지만 세상은 마력만으로 움직이는 게 아니란 말이지.]

알른은 몬스터의 시체에서 핵을 떼어내고 있는 베이칸을 가리키며 말했다.

[너와 대화를 하다 보니 잊고 있었던 게 떠오르는군. 나 원, 천 년이나 살아오니 기억력이 떨어지나……. 그런 의미에서 저 덩치도 왜 저렇게 강한지 알 것 같기도 해.]

'음?'

[어쩌면 저 녀석은 정령의 축복을 받고 태어난 것 같다.]

'정령의 축복……?'

마도 시대를 거쳐 선악의 구분조차 마력이 기준이 되는 마력의 시대가 도래한 지금 정령이라는 단어는 잊히고 있었다.

기껏해야 남부의 야만족들만이 마치 전통처럼 입에서 입으로 전해지는 정도에 불과했으니까.

[축복이라고는 하지만 지금에 와서는 딱히 정령과 연관성이 있는 건 아니야. 그저 특이한 체질의 인간을 가리키는 말이지. 정복왕이라 불렸던 라이너 대제에 대해서 들어봤겠지?]

'최초의 소드 마스터라고 불렸던?'

[맞아. 맨손으로 산을 붕괴하고 해일을 갈랐다는 전설은 과

장된 것이겠지만 묘한 연구결과가 있었지.]

'그게 뭔데?'

[라이더 대제가 마력이 없는 신체였을지도 모른다는 것이다.]

"뭐⋯⋯?"

갑작스러운 카릴의 말에 마물의 시체를 뜯던 베이칸이 고개를 돌려 그를 바라봤다.

"아무것도."

카릴은 황급히 손을 저었다.

[그냥 일설에 불과할지도 모르지만 그 시절엔 마력뿐만 아니라 정령의 힘도 충만했거든. 7인의 원로회가 있던 시절 함께했던 드래곤 중에 라이너 대제가 살았던 시절에 있었던 자도 있으니까. 그가 말하길 대제는 3가지 속성 마력을 썼다고 하거든.]

'한 가지가 아니고?'

[그래. 너처럼 용의 심장이라도 먹지 않는 이상 다른 속성의 마력을 쓴다는 건 불가능한 일이지. 하지만 완전히 불가능한 것은 아냐.]

'정령 계약.'

[맞아.]

'당신 말대로라면 라이더 대제가 남부인의 선조일 가능성도 있다는 건가?'

카릴은 흥미로운 목소리로 그에게 물었다.

[뭐, 아까도 말했지만 그 당시엔 이민족이라든지 야만족이

라든지 하는 구분을 짓지도 않았으니까. 그래도 제국인보다
는 더 가능성이 있겠지.]

'그렇군.'

[너도 알다시피 지금에 와서는 정령의 힘이 약해졌으니까
대제와 같은 일은 불가능하겠지만…… 이따금 마력이 없는 자
들 중에 저렇게 비정상적으로 강한 신체를 가지고 태어나는
자들이 있지.]

알른 자비우스는 베이칸을 가리키며 말했다.

[우리는 그런 자들을 정령의 축복을 받고 태어난 사람이라
고 부르지. 그는 대지 정령의 사랑을 받았나 보군.]

그의 말에 카릴은 피식 웃었다.

'그럼 난? 당신 말대로라면 내 검술도 정령의 축복 중 일부일
지도 모르겠는데. 바람 정령의 축복이라도 받은 걸까?'

말을 해놓고도 카릴은 시답잖은 농담이라고 생각했다.

[아니.]

하지만 가볍게 넘기는 그와는 달리 알른은 진지하게 대답했다.

[기억 속 내가 본 너의 모습이라면…… 넌 바람보단 번개에
가깝지. 바람은 날카로우면서 때론 부드럽기도 하지만 넌 부드
러움보다 맹렬함을 가졌으니.]

'낯 뜨거운 소리 그만해.'

[이 녀석아. 농담이 아니라 진짜 내 생각을 말하는 거다. 잘
생각해 봐. 전생에 네가 기억하지 못하는 이현상을 겪었던 게

있나.]

'그런 거 없어. 나는 그저 내 힘으로 왔을 뿐이야.'

카릴은 베이칸이 마지막 몬스터의 해체 작업을 끝내는 걸 보며 자리에서 일어섰다.

"출발해도 되겠어?"

그는 대답 대신 고개를 끄덕였다.

마물의 핵을 쌓아놓은 자리를 천으로 덮고 난 뒤 베이칸은 등에 매고 있던 거대한 곡궁에 활시위를 당겼다.

콰드드드득……!!!

초승달처럼 휘어진 활대를 잡은 팔의 힘줄이 돋아났다. 그의 손에서 쏘아진 화살이 날카로운 파공성을 토해내며 하늘 위로 솟구쳤다.

"이 앞부터 샌드 서펀트의 영역이다. 대수렵의 방침에 따라 서로 협력하는 일은 없을 것이다. 녀석의 목을 취하는 자가 승자다. 이의는 없겠지."

"물론."

카릴이 고개를 끄덕이자 베이칸은 기다렸다는 듯 들고 있던 활을 다시 등에 메고는 걸음을 걷기 시작했다.

[드디어 시작이군.]

알른 자비우스는 마치 흥미로운 경기를 기다리는 관객처럼 눈을 빛냈다.

'번개라……'

하지만 이상하게도 카릴은 눈앞의 대수렵의 큰 과제가 있음에도 불구하고 어쩐지 알른 자비우스의 말이 자꾸 머릿속에 맴도는 기분이었다.

"……제길."

베이칸의 입에서 낮은 욕지거리가 터져 나왔다. 뒤를 바라보는 카릴이 입꼬리를 올리며 말했다.

"힘든가 보지?"

"전혀."

다부지게 말했지만 입술이 하얗게 마른 모습이 썩 좋아 보이지는 않았다. 그럼에도 불구하고 그는 성큼성큼 바위를 밟고 구릉을 오르기 시작했다.

[대단하군. 마력으로 강화시킨 네 속도를 아직도 따라오고 있다니 말이야.]

카릴은 걸어가는 그의 뒷모습을 바라봤다.

수십 마리의 몬스터를 잡았을 때도 흔들리지 않던 어깨가 미묘하지만 조금씩 떨리고 있었다.

[이 정도 높이까지 올라오게 되면 마법 없이는 호흡을 하는 것도 쉽지 않겠지.]

'맞아.'

[보조 마법이라도 걸어주는 게 어때? 어차피 저 녀석을 얻기 위해 벌인 일 아니더냐.]

'아니. 그래선 의미가 없어.'

쉬운 전투란 없다. 그리고 앞으로 겪어야 할 전쟁은 이보다 더한 고통이 동반될 것이다.

'지금도 훌륭하지만 뛰어난 인재일수록 더욱 담금질을 해야 하는 법이니까. 마력이 없는 자가 마력이 있는 제국인들을 상대하기 위해선 이 정도는 당연한 거지.'

[경험에서 우러나오는 말인가?]

알른의 말에 카릴은 그저 묵묵히 앞을 걸을 뿐이었다.

"후우…… 후우……."

그 순간, 거친 호흡을 뚫고 베이칸의 걸음이 멈춰 섰다.

거대한 구릉의 끝.

수분기 하나 느껴지지 않는 마른 사막과 같은 드넓은 산지 위로 세 개의 날카로운 기둥이 솟아 있었다.

꿀꺽-

세차게 몰아치는 바람 속에서 긴장감 가득한 베이칸의 목젖이 움직이는 소리가 들리는 듯했다.

"도착이군."

카릴은 마치 그가 바라보고 있을 풍경을 이미 알고 있는 것처럼 낮은 목소리로 말했다.

"관아(管牙)의 독."

"공략은 있나?"

베이칸은 구릉 아래로 보이는 거대한 둥지와도 같은 정상에서 똬리를 틀고 잠들어 있는 거대한 서펀트를 바라봤다.

"올라오느라 힘들었을 텐데. 밥이라도 먹는 게 어때?"

"……."

자신과는 달리 긴장감이라고는 볼 수 없는 카릴의 모습에 그는 인상을 찡그렸다.

쓱- 쓰윽--

카릴은 능숙하게 불을 피우고 그 안에 가져온 말린 고기를 집어넣고는 수통을 그에게 건넸다.

"카투 열매로 만든 증류주야. 아조르에서 가져온 건데 나름 귀한 거라고."

그의 모습에 베이칸은 어이없다는 듯 카릴을 바라보며 말했다.

"성인도 안 된 나이인 거 같은데."

"북부에선 어릴 때부터 이 정도 술은 마셔. 마시지 않으면 얼어 죽으니까. 거긴 남부만큼 따뜻하지가 않거든."

"……."

베이칸은 이마에 맺힌 땀을 닦아내며 열사와 같은 구릉지의 열기를 따뜻하다는 말로 설명하는 카릴의 능청스러움에 낮은 코웃음을 쳤다.

"사냥감을 눈앞에 두고 음식이라니…… 사냥꾼이라면 절대로 하지 않을 일이야."

"샌드 서펀트는 후각이 떨어져서 음식 냄새를 맡을 일 없으니 걱정 마. 게다가 카투 열매로 만든 술은 다른 술과 달리 몸 안에 수분을 가둬주는 효과가 있거든. 사냥을 위한 준비라고 생각해."

"후각이 퇴화한 대신에 청각과 시각이 뛰어나다는 건 알고 있겠지."

"물론."

카릴은 고기를 끄집어내면서 말했다.

"수백 미터 떨어진 먹잇감도 보는 놈이야. 벌써 녀석이 우리의 모습을 봤을 거다."

"못 봤을 테니 너무 걱정 마."

"뭐?"

"시각이 너무 좋아서 오히려 낮에는 햇빛 때문에 가시거리가 줄어버리거든. 한마디로 낮이 녀석을 사냥할 수 있는 시기라는 거지. 든든히 배를 채우고 나면 바로 시작할 거야."

툭-

카릴은 적당히 익은 고기를 베이칸에게 던졌다.

"……"

그는 카릴이 던진 고기를 말없이 바라보더니 한입 크게 베어 물었다.

"샌드 서펀트의 공격 패턴은 단순해. 야생의 괴물들이 그러하 듯이 본능적으로 싸우지. 하지만 녀석은 특별한 능력이 있다."

우적우적 입안으로 고기를 밀어 넣던 베이칸이 카릴의 말에 대답했다.

"사이드와인딩(Sidewinding)."

"맞아."

지그재그로 움직이는 뱀의 특유의 이동 방식을 뜻하는 사 이드와인딩을 샌드 서펀트 역시 사용한다.

"팔다리가 없는 녀석은 뱀과 유사하지만 그러면서도 또 다 르지."

[쿠르르르르르……]

저 멀리 기둥이 솟아나 있는 둥지에서 괴물의 낮은 포효가 들렸다.

그 순간, 거대한 뭔가가 구릉 위에서 솟구쳐 오르며 구름을 뚫고 유유히 움직이기 시작했다.

"하늘 위에서도 저렇게 움직일 수 있다는 것."

마치 바닥을 기는 것처럼 아무것도 없는 상공에서 샌드 서 펀트는 잘도 하늘을 날고 있었다.

"녀석의 가시거리는 약 480m. 하지만 태양이 최고조에 오 르는 시간엔 그 절반으로 떨어진다."

"으음……."

"베이칸, 네 곡궁의 사정거리가 얼마나 되지?"

"250m가 조금 넘을 거다."

"정확도는?"

"거리 안에 있는 것이라면 무엇이든."

카릴은 그의 말에 가볍게 웃었다.

"비궁족보다 낫군."

그러고는 흙바닥에 기다란 뱀의 형체를 그리고서 말했다.

"녀석이 하늘에 뜰 수 있는 이유는 비늘을 제각각 움직일 수가 있어서다. 비늘 사이사이에 만들어진 공간을 사이드와인딩으로 바람을 밀어 넣는 거지."

"그런데?"

"지그재그로 이동을 해야 하는 사이드와인딩은 아무렇지 않게 보이지만 사실은 방향을 바꿀 때 약간의 딜레이가 생긴다."

베이칸은 그의 말에 살짝 인상을 찡그렸다.

믿지 못한다는 거나 하는 의미가 아니었다.

'어떻게 이런 걸 알고 있는 거지. 남부 출신인 나조차 구릉에 가까이 가본 적도 없는데.'

눈앞의 소년에 대한 의구심과 함께 호기심이 생겼기 때문이다.

"사냥법은 간단해. 직선으로 움직일 때는 최대한 거리를 두고 화살로 공격을 한다. 그러다 방향을 꺾는 순간 비늘 안을 공격한다."

카릴은 바닥에 그려놓은 서펀트의 형상의 목 아래를 가리키며 말했다.

"연계도 중요하지만 단순히 살을 파고들어선 녀석에게 치명상을 입히기 힘들어. 일곱 번째 비늘 안쪽. 드래곤처럼 역린(逆鱗)이 있거든. 그걸 잘라내야 한다."

"……."

베이칸은 카릴이 준 고기를 입에 밀어 넣고는 입가를 닦고서 말했다.

"왜 내게 이런 걸 다 얘기하는 거지?"

"오기 전에도 말했지만 구릉에 나올 때 가져올 시체는 하나길 바라기 때문이야. 게다가 당신 말대로 사냥꾼은 사냥을 위해 최선을 다한다며. 승패는 일단 잡고 난 뒤에 결정해야지."

카릴의 말에 그는 할 말을 잃은 듯 입을 다물었다.

[폼은 있는 대로 다 잡는구나. 뭘 잡고 난 뒤에 결정이야. 너 애초에 승패는 상관없는 거 아냐? 저 덩치의 맘을 잡으려는 거면서.]

'시끄러.'

그렇게 말했지만 능구렁이처럼 카릴의 속내를 훤히 들여다보는 것 같은 알른의 말에 그는 피식 웃고 말았다.

휘이이잉…….

바람이 불었다.

활공을 하는 서펀트의 유연한 움직임이 만들어내는 바람이 두 사람의 머리를 흐트러뜨렸다.

그 순간, 카릴의 눈빛이 빛났다.

"젠…… 자앙!"

톰슨은 살을 에는 추위에 오들오들 떨면서 두꺼운 로브를 머리까지 덮어썼다.

"이놈의 추위는 어째 체온 마법까지 뚫고 들어오는 것 같잖아. 죽겠군."

북부의 언덕.

한 치 앞도 내다보기 어려운 눈보라를 맞으면서 걷고 있는 톰슨은 묵묵히 자신의 앞을 걸어가는 셰르파(Sherpa)들을 바라보며 이를 악물었다.

'마스터의 명령만 아니었어도……'

이단섬멸령이 내려진 북부는 말 그대로 전장이었다. 이런 와중에 이민족을 찾아간다는 것은 위험한 일이 아닐 수 없었다.

카릴의 말대로 쓸 만한 자를 수소문해서 보낼 것이지 아니면 자신이 직접 움직일 것인지에 대해서 톰슨은 오랫동안 고민을 했다.

명목상으론 자신이 길드 마스터지만 실질적인 주인은 카릴이었으니까.

그런 그가 내린 첫 임무.

'무슨 일이 있어도 완수를 해야 한다. 다른 녀석들에게 맡길 수 없어.'

고작 열두 살짜리 꼬마에게 잘 보이기 위해 이렇게까지 하게 된 자신이 이상했다.

　하지만 톰슨은 오랜 용병 생활에서 터득한 감이 있었다.

　'조금이라도 더 마스터의 곁에 있어야 한다.'

　어째서 그런 것인지 모르지만 그를 위한 공을 세워야 한다는 생각이 들었다.

　"제길…… 아무리 그래도 이 추위는 적응이 되지 않는군. 북부의 이민족들은 모두 이런 곳에서 사는 건가."

　톰슨은 로브 안에 넣어 둔 술을 마셨다.

　"후아, 마스터가 가져가라고 했던 이유가 있었어. 술이 마법보다 백배 낫군."

　목을 타고 넘어가는 뜨거운 기운에 그제야 톰슨은 조금 더 걸어갈 힘이 나는 듯 발걸음을 옮겼다.

　스아앙--!!

　그때였다.

　"아악!"

　바람을 가르는 날카로운 파공성과 함께 앞서 길을 안내하던 셰르파 한 명이 비명을 지르며 고꾸라졌다.

　갑작스러운 습격에 톰슨은 우왕좌왕하는 사람들을 헤치고 황급히 쓰러진 사람을 살폈다.

　"크윽……."

　불행 중 다행인 게 화살은 심장이 아닌 팔에 꽂혀 있었다.

'어디서 날아온 거야?'

톰슨은 황급히 감지 마법을 시전했다.

하지만 차가운 북부의 냉기 때문일까. 주위의 인기척이 느껴지지 않았다.

"마법사로군."

그 순간, 자신의 등 뒤에서 들리는 나지막한 목소리.

'어, 언제?!'

"멈춰."

마법에도 걸리지 않고 순식간에 자신의 등 뒤를 습격한 적은 두말할 것도 없는 실력자였다.

"안대를 씌워라."

명령이 떨어지자마자 순식간에 톰슨의 시야가 어두워졌다.

보이는 것이 없으니 더욱더 공포감이 밀려왔다.

"중앙의 돼지가 어째서 이곳까지 온 거지? 제국 놈들 무슨 꿍꿍이냐."

"아닙니다. 전 제국 사람이 아닙니다."

톰슨은 황급히 손을 저었다.

"흐익?!"

하지만 그의 말에도 불구하고 날카로운 창날이 그의 뒷목에 닿았다.

"개소리 집어치워."

"아조르에서 마스터의 전언을 가지고 왔습니다."

"마스터? 무슨 전언을 가져왔다는 거지? 중앙에 있는 네놈들과 우린 연이 없을 텐데."

"그게⋯⋯."

톰슨은 입을 다물었다. 그러고는 복잡한 심경으로 말했다.

"당신들 늑여우 부족이 맞습니까?"

"죽고 싶은 거로군. 묻는 말에 대답이나 해."

"흐이익⋯⋯!!"

"멈춰."

그때였다. 낮은 목소리를 뚫고 들려오는 날카로운 목소리.

톰슨은 오감을 집중하며 지금 다가오는 사람이 자신에게 창을 겨눈 자보다 위라는 걸 알았다.

'제길, 제대로 찾아온 게 맞긴 한가. 아무것도 보이지가 않으니 원⋯⋯. 마법을 쓴다면 빠져나갈 순 있다. 하지만 그건 바보 같은 짓이다. 무슨 일이 있어도 임무를 완수해야 해.'

"다시 한번 묻는다. 네놈 누구냐."

"조금 전에도 말하지 않았습니까. 아조르에 거점을 두고 있는 울카스 길드의 톰슨이라고 하오. 마스터의 전언을 가지고 왔습니다."

"네 마스터가 누군데 우리에게 전언을 보냈지?"

물음이 달라졌다. 목숨이 위태로워도 전언의 내용은 저들이 늑여우인지 확인하지 못한 상황에선 말할 수 없었다.

하지만 이름 정도는 상대가 누구더라도 말해도 괜찮을 것이다. 톰슨은 떨리는 목소리로 말했다.

"카…… 카릴입니다."

화악---!!

그 순간, 그의 눈을 가렸던 안대가 다시 벗겨졌다.

차갑고 세찬 바람이 밀려들어 오면서 톰슨은 제대로 눈을 뜨지 못했다.

하지만 흐릿한 시야 속에서도 붉은색 머리카락이 흩날리는 것만큼은 명확히 보였다.

"다시 한번 말해봐. 이름이 뭐라고?"

그리고…….

여우의 것 같은 자황색의 눈동자가 날카롭게 자신을 바라보고 있었다.

콰드드득-

요동치는 거궁의 활시위가 파르르 떨렸다.

얼굴에서부터 전신에 상처투성이가 되어 성한 곳이 하나도 없었다.

빠득.

베이칸은 이빨을 꽉 깨물었다. 그의 어깨에서 뜨거운 열기로 인한 아지랑이가 피어오르는 것 같았다.

"지금!"

눈빛이 날카롭게 번뜩이는 순간.

부러질 듯 당겨진 활시위에서 맹렬한 굉음이 터져 나왔다.

콰아아아앙---!!

화살이 기류를 뚫고 뿜어져 나가더니 허공에 떠 있는 서펀트를 정확히 꿰뚫었다.

명중했다는 즐거움도 잠시.

"아직 역린이 열리지 않았어! 제2타를 준비해!"

카릴의 외침에 베이칸은 다시 활시위를 당겼다.

어째서 경합을 치러야 하는 관계인 자신이 카릴의 명령을 따라 싸우고 있는지 스스로도 이해가 가지 않았다.

피이잉……!!

날카로운 화살이 쏘아졌지만 아슬아슬하게 서펀트의 옆을 스치고 말았다.

"젠장!!"

머릿속에 맴도는 의문 따위는 중요하지 않았다.

이미 몸이 본능적으로 움직이고 있었으니까.

"힘들겠지만 집중해. 조금만 더 하면 비늘이 뚫릴 것 같으니까."

"후우…… 후우……"

그는 대답 대신 고개를 끄덕였다.

"하루 하고도 반나절이 넘도록 쉬지 않고 싸웠으니까. 마지막으로 먹어둔 고기가 그리워지기 시작하지?"

"흥……."

지친 기색이 역력한 그였지만 카릴에게 이렇다 할 불만을 내비치지 않았다.

그럴 수밖에.

40시간이 넘도록 내내 활을 쏜 것도 중노동이었지만 자신의 사정거리 안으로 서펀트를 유인하는 미끼를 자처한 건 카릴이었기 때문이었다.

"문제없다."

"당신이 아니면 불가능한 일이겠지. 쓰러지지 않은 것만으로도 대단한 일이야."

베이칸은 그의 말에 오히려 화가 나는 기분이었다.

'그러는 당신은 호흡 하나 흐트러뜨리지 않고 있잖아.'

그 말을 하려다가 결국 말을 삼켰다.

이제 곧, 다시 정오가 온다.

'샌드 서펀트가 약해지는 시간…….'

설명하지 않아도 이번이 승부처라는 것을 베이칸은 알았다.

여기저기 박혀 있는 수십 발의 화살.

이틀째가 되는 날이다. 멀쩡한 듯 보이지만 샌드 서펀트 역시 힘이 빠지긴 마찬가지였다.

[도대체 무슨 생각이냐.]

그 순간, 베이칸을 독려하는 카릴을 향해 알른 자비우스가 물었다.

[조금 전 마지막 한 발. 일부러 네가 방향을 틀어 화살을 빗맞힌 거 아냐?]

'맞아.'

베이칸이 두 사람의 대화를 들었다면 놀랄 일이었지만 오히려 카릴은 아무렇지 않은 듯 담담하게 말했다.

[어째서 그런 짓을 한 거야?]

'베이칸은 저 녀석이 얼마나 강한 놈인지 느낄 필요가 있으니까.'

[그게 무슨 말이야?]

'전생에 구릉이 공략되지 않았던 이유는 서펀트 잡지 못해서가 아냐.'

[그럼?]

카릴은 날뛰는 마물을 바라보며 낮은 목소리로 말했다.

'공략할 필요가 없기 때문이지. 제국이 남부를 칠 때는 이미 구릉의 주인이 사라진 상태였거든.'

[설마…….]

'맞아. 내가 다시 돌아갈 땐 녀석의 머리 위에 앉아 있을 것이다. 그게 내가 대수렵을 제안한 진짜 목적이기도 하거든.'

알른 자비우스는 상상조차 하지 못한 그의 말에 놀란 나머지 헛기침을 하고 말았다.

'단순히 사냥만으론 부족들을 굴복시킬 수 없다. 압도적이고 절대적인 힘의 차이. 그걸 보이기 위해선 사냥이 아닌 굴복

이 더 효과적이지.'

[미친놈…… 저 마물을 길들이겠다고?]

'맞아.'

[그게 가능한 일이야……?]

그의 물음에 카릴은 씨익 웃었다.

'전생에도 했던 일을 지금이라고 하지 못할 이유는 없지. 다만 8년 뒤인 그때와 달리 지금처럼 완성되지 않은 몸으로는 무리라서 말이야.'

[그래서 부족한 힘을 채우기 위한 말로 저 덩치를 데리고 온 거다? 사악한 녀석. 도대체 너란 녀석은 몇 수를 생각하고 움직이는 거냐.]

'칭찬이지?'

[크크크…… 그래. 칭찬이다.]

낮은 탄식과도 같은 알른의 말에 카릴은 검을 고쳐 잡았다.

"마무리할 때다."

to be continued